DE LA MÊME AUTRICE

Aux Éditions Gallimard

MAUVAISE PASSE, L'Arpenteur, 2018.

L'Arpenteur

Collection créée
par Gérard Bourgadier

dirigée
par Ludovic Escande

Clémentine Haenel

PLEINS PHARES

roman

GALLIMARD | L'ARPENTEUR

À Igor
À Solal

I drive on her streets
'Cause she's my companion
I walk through her hills
'Cause she knows who I am
She sees my good deeds
And she kisses me windy
I never worry
Now that is a lie

Red Hot Chili Peppers
Under the Bridge

I

1

Mauve roule et n'en revient pas. Les gens sont vraiment des putains de grosses merdes, légère averse et ils font tous comme si c'était de l'acide. Ils courent, sac sur la tête, cherchent un abri, désordonnés. Les rues se vident. Ce qu'elle préfère, Mauve, c'est quand elle n'a pas de client, quand elle peut simplement goûter la paix, isolée dans l'habitacle. Avec la pluie, c'est encore mieux, elle sent le monde s'effacer derrière les vitres. Les immeubles coulent, les enseignes lumineuses se diluent, tout bave et disparaît. Seules comptent les gouttes et leur parcours. Elle se concentre sur l'une d'elles, ronde et figée, appuie doucement sur l'accélérateur, ne lâche pas des yeux sa petite protégée, encore un peu plus vite, et la goutte, qui polarise toute son attention, tient bon. Mauve relève les yeux sur l'avenue de l'Opéra : il suffit de cet instant pour que la boule d'eau bloblote dangereusement, jusqu'à filer, pressée, se fondre parmi les autres larmes qui noient la vitre. Mauve ne conduit pas, elle roule, ou plutôt ça roule malgré elle. Elle observe le flou et le gris, captivée par les feux de signalisation, l'alternance des couleurs mouillées et électriques. Elle s'enfonce dans son siège, prise dans le moelleux, absorbée par la langueur, recueillie. Un grand café à la noisette avec de la crème, l'idée surgit comme une évidence à l'angle de la rue Danielle-Casanova : il n'y a bien que ça, là, pour la faire sortir de son refuge mouvant.

Il pleut à verse, les caniveaux débordent, fanfaronnent de devenir rivières. Mauve marche lentement : la pluie c'est un état d'esprit. Elle porte un sweat-shirt bleu ciel dont elle ne relève la capuche ni ne remonte la fermeture éclair, un jogging noir assez fin qui adhère à ses cuisses fermement, d'éternelles baskets qui s'enfilent comme des chaussons et ne se retirent pas tant elles sont agréables. Du poignet gauche, elle détache sa queue-de-cheval et abandonne son abondante chevelure à la pluie. Les ondulations rousses cascadent jusqu'aux omoplates ; les mèches les plus courtes se gorgent d'eau pour se faire spirales. Dans le café, Mauve se fige : sourcils, langue, épaules. C'est son rituel. Un, relâcher les sourcils, deux, décoller la langue du palais, trois, abaisser les épaules. Voilà, c'est son truc pour mimer la détente. *Putain manquait plus que ça.* Ils ont sorti un nouveau café et maintenant elle hésite. *Pumpkin spice latte.* Ça la titille, elle a l'œil qui frise et reste bien deux minutes trente-deux à dégouliner en fixant l'affiche géante qu'ils ont accrochée au-dessus du comptoir. *Vas-y je le prends.* Mauve est prête à se remettre en action quand un gros con lui écrase le pied et lui rentre dedans. Toujours plus que moins sur les nerfs, Mauve lève le coude et fait valser les expressos du touriste. Ça la soûle qu'on la touche, elle n'est pas pour le contact humain et ce type de perturbations alors qu'elle remet en question un choix de vie, alors qu'elle s'apprête à délaisser son *latte venti* à la noisette pour un truc potentiellement dégueulasse, ça la chauffe pas des masses.

Mauve est costaude et les années ont su chasser de son visage ce qu'il avait de tendre. La peau laiteuse fait fatiguée. Les cernes dessinent l'ébauche de cocards aubergine. Les pommettes hautes, marquées, ont perdu leur rondeur. Elle a le regard mauvais c'est plus fort qu'elle, elle secoue la tête, ses lourdes créoles en argent s'entrechoquent contre ses joues. Le monsieur, à ses pieds, éponge avec une serviette marron les dégâts, Mauve émet deux-trois *tut tut tut* désapprobateurs et s'avance jusqu'à la caisse, décidée pour la boisson à la citrouille. Elle ne fait pas les choses à moitié. Elle prend la taille maximale et lape d'une langue adroite la crème chantilly qui tourne autour du chaud. Elle s'assoit au fond de la salle à côté d'une grande baie vitrée, pose son gobelet sur la table grasse et continue de lécher avec application. Les yeux dans le vague, les bras ballants, la pluie qui coule : Mauve est bien. *Pas dégueu cette merde.* Le café la convainc. Il est relevé, comme épicé, a le goût de quelque chose qu'elle n'a jamais eu en bouche. Elle le fait rouler contre son palais, entre ses joues, se gargarise puis avale, studieuse. *Et merde.* Tsunami de café dans sa trachée. Ça lui glace le cœur et lui trépane le ventre. Mauve s'étrangle, pliée en deux, elle crache, cherche à aspirer quoi que ce soit qui ressemble à de l'air tout en expirant le liquide indésiré. Le goût citrouille brûle les poumons. La suffocation paraît interminable. Rouvrir les yeux n'est pas une mince affaire et poser son regard brouillé sur la couverture du *20 minutes* qui traîne là, en constatant qu'elle a vu ce qu'elle a vu, lui crée une seconde détonation noire dans la tête. C'est un déferlement de goudron qui l'asphyxie. Sueurs froides devant le visage d'ange qui fait la une.

2

Yaya ne compte ni les taches ni les fissures aux murs. Ici, ça ne marche pas comme ça : les traitements empêchent d'atteindre un tel degré de concentration. Yaya peut s'estimer heureux, il a trouvé une chaise à l'écart ce matin. Il n'en décolle pas les fesses : la chaise est un luxe. Il mate ses genoux. Il entend l'écho d'une série, *Rex, chien flic*, le truc avec le berger allemand. Dans la salle commune, pas assez de place pour que tout le monde puisse apercevoir la petite télé sous Plexiglas. De toute façon, même ceux qui lui font face ne la regardent pas réellement. Au pavillon 38, il n'y a pas de jeux de société. La légende dit qu'il n'y en a plus nulle part depuis que Francine, chez les femmes, aurait décidé de gober l'ensemble des lettres du Scrabble de A à Z jokers compris. Cent deux jetons, si elle l'a fait, elle a du cran Francine, pas peur de mettre la dose pour un petit séjour à l'hôpital normal, hors d'ici. Yaya ne comprend pas. Il n'en est pas du tout à entreprendre une évasion, même temporaire. Il est convaincu de vivre une sorte de malentendu, une injustice due à la découverte des crimes commis par son frère. Ribambelle d'événements malencontreux ayant joué en sa défaveur. Un bref séjour à l'hôpital psychiatrique il y a sept ans à la suite d'une première phase maniaque qui l'avait laissé exsangue. Des rendez-vous chaque mois avec la psychiatre et chaque semaine avec la psychologue du CMP – il n'en avait jamais raté un seul. Un nouveau traitement qui le stabilisait, malgré les relents d'une hypomanie tenace et parfois déroutante. La reprise de ses études, la diminution des crises d'angoisse, la thérapie par la parole : Yaya commençait à sortir la tête du caniveau, bon an mal an, jusqu'à ce gros pépin. Mahdi, son frère, avait tué quelqu'un et puis quelqu'un et puis quelqu'une encore. Pour Agapé, leur mère, l'horreur avait rompu le lien. Pas de tergiversation. Comme un magazine l'avait résumé par cette formule choc qu'elle aurait prononcée : *Mahdi n'est plus mon fils, je me l'enlève.* Le nom de son aîné ne franchissait plus ses lèvres, plus grand-chose d'ailleurs ne sortait de sa bouche. Yaya, lui, avait été bien incapable de taire son incrédulité alors qu'il sombrait dans un puits de douleur. Il parlait, parlait, parlait. Questionnait sa mère sans relâche, divaguait à voix haute, épluchait les sites d'information et s'insurgeait de la façon dont était dépeint son frère. La paranoïa s'était invitée. La bouffée délirante l'avait aspiré. Incapable de dormir, de manger, de trouver un répit, il se sentait persécuté. Il plongeait dans les détails sordides. Il pleurait à s'en étrangler, suffoquait devant chaque élément qu'un *témoin proche de l'affaire* rapportait à la presse. Il lui était impossible de se dissocier de son frère alors que celui-ci était en préventive et mis en examen pour trois homicides volontaires.

3

Le cœur de Mauve refuse de décélérer. Elle a couvert son enseigne et devrait rentrer chez elle. La vision de sa mère, Adélaïde, sur le clic-clac l'en dissuade. Mauve le sent, il faut qu'elle occupe son repos loin de leur maison et, à part cette voiture, elle n'a pas de lieu à elle où mettre de l'ordre dans ses pensées, où attendre que son cœur ne cesse de la battre. Le gros livre d'Orhan Pamuk sur le siège passager lui fait de l'œil. Lire, ce qu'elle a tant fait pour chasser la peine, ne lui serait, elle le sent, d'aucune aide. Pour réussir à calmer cette chose étrange en elle, elle ne connaît pas la méthode. Suivre les aventures du brave Mevlut, elle aime pourtant beaucoup. Quand il achète un poêle à gaz d'occasion qui lui permet de rendre la pièce où il vit aussi chaude qu'un hammam, c'est Mauve qui y transpire. Quand il confectionne des glaces à la cerise, au citron, à la crème, c'est Mauve qui part les vendre aux enfants. Quand il boit du raki, c'est Mauve qui en ressent la brûlure le long de l'œsophage. La pluie redouble d'intensité et cogne le pare-brise avec morgue, Mauve n'est pas à Istanbul, elle ne goûtera sans doute jamais la boza et une panique inquiétante s'empare d'elle. Un vieux toque au carreau, c'est le déclic, il faut qu'elle bouge de là. Passer à l'action, lutter pour réguler le corps en plein tourment. Elle ne songe plus à détendre ses sourcils, sa langue, ses épaules ; au contraire, la tension qui circule lui procure une impression de contrôle. Elle serre les bras, crispe les neurones, se renfrogne à outrance histoire de donner une direction au stress et à l'influx nerveux. Elle démarre sa voiture. L'avenue de l'Opéra compte trop de feux rouges c'est chiant, Mauve veut rouler. Elle vit les arrêts comme des à-coups qui la ramènent à la couverture du journal et c'est son cœur qui cale à chaque freinage. Mauve décide de lancer un podcast parce qu'elle ne peut pas se permettre de rester avec ses pensées, elle aimerait un grand remplacement, que les voix de la radio prennent la place de celles qui résonnent dans sa tête. L'émission est longue, un premier épisode de près d'une heure sur « L'usage des drogues : les processus de l'addiction ». Ça, ça donne matière à réfléchir, ça, ça remplit l'esprit comme il faut. Elle traverse le neuvième arrondissement, une femme dit : *J'étais partie pour me suicider quand j'ai rencontré le crack.* Trinité-d'Estienne-d'Orves, *le crack m'a sauvée.* Rue de Clichy, la voix poursuit, *le crack ça a été à la suite d'une déception amoureuse qui m'avait euh vraiment mise dans une dépression énorme.* Mauve écoute les paroles de celles et ceux qui ont trouvé un compromis avec la vie, une légitime défense face à ses affres, et atteint la porte de Clignancourt. Faire des tours de périph allez c'est parti. Elle accélère, double, pas de bouchon seulement la pluie, la bienveillante pluie et les accros au crack dans les oreilles. Le temps tourne, le podcast se tait, le trafic se densifie et Mauve emprunte la première bretelle d'autoroute croisée. Elle continue sans savoir jusqu'à atteindre une aire de repos. Elle se dirige vers une machine, ingurgite une bonne goulée de café, le trouve immonde, place ses deux mains mouillées à plat sur son front, ferme les yeux et se demande comment Yaya a pu atterrir là. *Et c'est quoi ce truc d'ailleurs ? C'est quoi ce putain d'endroit ?* La vie c'est de la merde et elle aimerait tout casser. Se démolir, hurler des sons stupéfiants, que la pluie la submerge, la noie, se jeter le café chaudasse et dégueulasse au visage, s'arracher les cheveux et que la tête parte avec. Mauve apprécie le *20 minutes* d'habitude parce que l'horoscope y est plutôt sympa. Elle aussi elle aurait bien voulu être payée à écrire des trucs vagues et précis à la fois, des trucs qui peuvent s'appliquer à la journée de n'importe qui. Mais là, y voir le portrait de Yaya à côté de celui de Mahdi, ça lui a fait un choc et ce journal elle le brûlerait, et par la même occasion elle cramerait les mains de toutes les putains de personnes qui sont en train de le choper ce matin, qui le font circuler, qui l'abandonnent sur un siège de métro – à la vue de tous – qui regardent le truc et que ça fait sourire et frissonner parce que tout le monde aime les histoires tordues. Yaya enfermé dans une unité psychiatrique pour malades difficiles, *c'est quoi ça encore*, parler de lui comme d'un meurtrier en puissance, *la blague*, pourquoi est-ce que des gens qui n'y connaissent rien se permettent d'ouvrir leur gueule – toujours le même problème – et *la violence dans le sang* ça n'existe pas, et *pas Yaya quoi, merde, pas Yaya.*

4

Yaya est loin de se douter que c'est lui qui fait aujourd'hui les gros titres, que sa tête est à l'écran – rapidement chassée par celle de son frère – sur les chaînes d'info en continu et que sa présence ici ravive le débat sur cette institution qui enferme pour des soins sans consentement environ cinq cents personnes en France, avec invités et pseudo-spécialistes sur les plateaux télé. Dans la salle commune, sur sa chaise, il n'a rien à faire. Sa conscience se fractionne et son cerveau divague. Il s'intéresse à l'organisation intérieure de sa bouche, l'agencement des mâchoires, leur complémentarité. Il essaie de retenir les jours, de garder le sentiment du temps qui passe. Yaya est né un 21 juin et il se demande s'il y en aura d'autres pour lui. Il compte ses dents avec sa langue, en déloge la couche de sale, lentement, avec ses ongles noirs. Il aimerait connaître les musiques que l'on entend sur les aires d'autoroute au même moment, à l'extérieur. Le silence et les cris, le bourdonnement de sa tête, ses chuchotements comme des incantations, les aboiements de Rex sont l'entièreté de son monde sonore. Yaya aimerait prendre la route : enjamber une moto, aller vite et mourir.

5

Deux fils célèbres, Agapé n'en demandait pas tant. Elle espère que Yaya échappera à la postérité, le quart d'heure réglementaire a déjà duré trop longtemps. Pour Mahdi, c'est mal barré, jamais on ne pourra oublier, jamais elle ne pourra l'oublier. Il a rejoint le panthéon infamant des tueurs en série qui marquent l'histoire d'un pays. Glorifié par les enquêtes criminelles, les sujets au JT, les journaux d'investigation comme les torchons tape-à-l'œil, tout le monde se délecte des atrocités commises. Sa beauté et sa jeunesse sont ce que l'on met le plus en avant comme si ces deux qualités auraient pu et dû tenir le crime à distance. On rabâche qu'il avait tout pour lui, sans le connaître bien sûr. On fouille, aussi, pour trouver l'abject, le glauque, les indices – il y en a. On interroge les ex-copines, les ex-amis, les ex-connaissances à tout-va. *Et quoi maintenant ? C'est le tour de mon plus jeune fils ? On ne peut pas nous laisser tranquilles ?* Allumer bêtement la télé alors qu'elle s'était promis de ne plus la regarder, voilà une sacrée erreur de débutante. Les experts à la con établissent leurs théories stupides et dressent sans honte aucune, boursouflés de certitudes, le portrait psychologique de Yaya ; il y aurait de quoi donner, à Agapé aussi, des envies de meurtre.

Milieu de matinée, édition spéciale, Agapé se glace autant que son thé auquel elle ne touchera plus. Sur le plateau, un bonhomme affreux en costard pas mieux qualifie Yaya de fou *dangereux*. À croire qu'il doute qu'on l'écoute, il répète en hurlant cette fois : *C'est un fou dangereux, on ne place pas n'importe qui dans une telle institution, c'est un endroit pour les fous dan-ge-reux.* Les mots giflent Agapé et l'indignation la tenaille. Prise de parole suivante, un autre homme pincé, pinçant, se targue d'avoir des éclaircissements à procurer sur la structure qu'est l'UMD. Il dit : *L'hôpital Paul-Guiraud a créé la première unité pour malades dangereux, pardon, malades difficiles en 1902. Son fondateur, Henri Colin, était alors la référence dans le traitement de ces « aliénés criminels et vicieux »...* On le coupe, le premier bonhomme affreux en costard pas mieux explique que l'UMD c'est *le bout du bout du bout, le dernier rempart avant...* La phrase est laissée en suspens, pas les imaginaires. *Avant quoi ?* s'emporte Agapé, les yeux exorbités devant sa télé, se rapprochant, menaçante. *Avant le meurtre ? Avant le meurtre en série ?* Agapé n'entend que trop bien ce que l'on insinue : si Yaya est là c'est pour éviter qu'il ne tue comme Mahdi a tué. Le pseudo-journaliste enchaîne avec la liste des *détenus, pardon, des patients, célèbres que l'UMD de Villejuif a accueillis, hélas trop tard, après qu'ils ont sévi.* Il vibre, il exulte, il déclame : *Issei Sagawa ! Le cannibale japonais ! Maxime Brunerie ! Celui qui a tenté d'assassiner Chirac, notre brave Chirac, lors du défilé du 14-Juillet, rappelez-vous ! Georges Cipriani ! Action directe !*

À la liste des *famous people* psychiatriquement dérangés s'ajoute leur photo à l'écran. *Ploc* les têtes apparaissent et sandwichent celle de Yaya pour former une mosaïque inquiétante. Puis – nouvel effet – les lumières du plateau se tamisent, le plan se resserre sur le visage de Yaya, visage qui s'efface pour laisser place à celui de Mahdi grâce à un morphing de très bon goût. Le présentateur enchaîne, goguenard, sur un nouveau sujet, plus léger : la déferlante des hybristophiles. *Ces femmes qui ont poussé le goût pour les bad boys un peu trop loin. Ces femmes en mal d'amour irrésistiblement attirées par les criminels... ah, ces femmes. Landru qui avait déjà un petit côté hipster hein vous avez vu ? Ah, la barbe ça plaisait aussi au siècle dernier... Entre 1919 et 1922, huit cents demandes en mariage pour Landru ! Marcel Barbeault, le tueur de l'ombre, un vrai canon. Il sévit dans les années soixante-dix, huit victimes au compteur, et dès son arrestation il met en émoi bon nombre de demoiselles. Pire qu'un Beatles ! Charles Manson, au look pourtant discutable, près de vingt mille lettres d'amour recensées ! Un tombeur. Pas possible de toutes les satisfaire, ah. Et Mahdi, il semble bien parti pour devenir le hit des hits... C'est vrai que si je voyais sa photo sur Tinder, je swiperais right illico...*

Il est vrai que s'il y a une chose pour laquelle Agapé a réussi ses enfants, c'est sans conteste leur beauté. Petit déjà, Mahdi était son soleil noir. La chevelure sombre, les boucles réglisse, les yeux de biche apprivoisée, les prunelles de jais, la peau mate : renversant. Une allure comme un privilège qui l'avait toujours aidé à faire pardonner ses colères et ses bêtises. Mahdi prenait de la place, impérieux, intrépide, Yaya s'effaçait pour contempler cette ombre insolente. La beauté du plus jeune était humble, dorée, empreinte d'une douloureuse timidité. Les ondulations blond foncé, la Soča comme tout entière contenue dans ses iris, le regard turquoise désarmant, hypnotisant, la joliesse de ses dents, la bouche lippue, la bouche soyeuse, la bouche à bisous, bisous dont il aimait couvrir les joues de sa mère. Yaya était un enfant-oiseau, fragile, gracile, androgyne.

Agapé appuie sur le bouton rouge mais la télé refuse de s'éteindre. Elle s'entête, lève le bras, casse le poignet vers le haut, vers le bas, peste contre cette insupportable technologie défaillante, se rapproche, le son augmente c'est un supplice, *comment ça marche ce truc*, elle vise, enfonce ses deux pouces, ses ongles, sur le bouton, *mais pourquoi ça veut pas*, elle trépigne, elle implore, *ah c'est bon, enfin.*

6

Deux jours que le nouvel arrivé est sorti d'isolement. Sékouba se rappelle qu'avec lui, il n'avait pas eu à feindre le calme. Le patient n'avait manifesté aucune agressivité, s'était montré réceptif et obéissant. *Retire-tout. Déshabille-toi.* Yaya s'était exécuté, tremblant, embrouillé. Ses gestes étaient lents et saccadés, quand la manche de son pyjama avait buté sur son coude, barrage infranchissable, il avait fondu en larmes. Sékouba s'était approché plus près. *Je vais t'aider. Lève les bras.* Une fois le malade nu – on ne prend pas de risques avec les signalés suicidaires – Sékouba lui avait expliqué qu'il allait rester là quelque temps avant de refermer et de verrouiller la porte de la chambre d'isolement. Sur le lit où Yaya s'était allongé, il n'y avait pas de drap. Deux couvertures de force gisaient, faites dans une matière rêche s'apparentant à du cordage, loin d'être une caresse pour la peau. Yaya n'aurait jamais envisagé que d'accepter la proposition de la psychiatre qui le suit au CMP de se *mettre au vert* – les termes qu'elle avait employés pour proposer l'internement – le mènerait ici. Il avait toute confiance en elle et honnêtement il y avait de quoi. C'était une doctoresse dévouée, bienveillante, mais elle n'avait pas pu contrôler la suite des événements. Yaya avait été transféré à l'UMD Henri-Colin de Villejuif à la demande de l'hôpital psychiatrique où il séjournait, hôpital qui avait préféré renoncer à lui, l'estimant *trop dangereux*, le pedigree de son frère n'y étant sans doute pas étranger. Comme quoi, il suffisait de se montrer un peu trop coulant face aux actes d'un tueur en série en refusant d'en parler outre mesure en thérapie, enfin trop coulant, façon de dire... Yaya était alors en pleine dissociation. Après le débordement de sentiments initial, le choc s'était mué en déni. Son cerveau avait fait marche arrière et bloqué l'association « Mahdi » et « serial killer » pour pouvoir continuer à fonctionner un tantinet. Le traumatisme l'avait mis en mode survie. Il ne s'agissait pas d'un manque d'empathie pour les victimes de son frère. Il était simplement hors de sa portée de les considérer comme des êtres vivants ; c'était plus que son cœur ne pouvait en supporter. Cette mesure de défense avait conduit l'expertise psychiatrique préalable à l'admission en UMD à suspecter un trouble de la personnalité antisociale chez Yaya. Sékouba le savait : pas bon signe un diagnostic qui s'oriente par là, pas les gens les plus sympas qu'on regroupe sous cette étiquette, plutôt ceux qui sont du genre à commettre des actes immoraux et violents et à s'en foutre royalement. Zéro compassion, zéro émotion, zéro regret, juste le mépris et l'indifférence. *Bon ça c'est le tableau grosso modo, après faut voir.* Rien dans le comportement de Yaya ne laissait présager une dangerosité véritable. Mais le soupçon suffit à forger la peur. Le détail des crimes de son frère s'étalait à la télé, à la radio, sur les réseaux, et un frisson parcourait l'équipe soignante quand elle croisait Yaya : mouvement de recul, haussement de ton, fatigue. La crainte d'un fait divers au sein de l'hôpital avait surgi – ce n'était pas courant mais ça s'était déjà vu, l'affaire Romain Dupuy, bien qu'elle ne se soit pas déroulée ici, marquait toujours les esprits. Une aide-soignante tuée à coups de couteau et une infirmière décapitée, ça ne s'oublie pas comme ça, ça fragilise. Les associations d'idées allaient bon train, le climat était tendu. Et puis un soir, Yaya avait explosé. Il n'avait pas fini sa tisane, il venait d'allumer une dernière cigarette et il avait méchamment tordu le bras de l'infirmier qui l'incitait à regagner sa chambre. Principe de précaution oblige. Le transfert en UMD avait été acté dès le lendemain et voilà Yaya débarqué dans le monde de la rétention médico-légale, en direct du pavillon 38, nu sous ses couvertures de force.

Personne n'est jamais prêt pour l'UMD, pense Sékouba. Officiellement reconnu comme malade difficile, c'est de six mois à quelques années que tu vas passer entre ces murs. C'est l'État qui te gère, c'est la justice qui décide. Tu es déclaré irresponsable et tu ne t'appartiens plus. Tu n'es pas en hôpital psychiatrique, tu n'es pas en prison, tu es un malade qui a tué, ou un malade qui *pourrait* passer à l'acte. Le conditionnel scelle ton destin. Tu es dans *Minority Report*. Sékouba le sait : les patients d'ici sont considérés comme en rupture thérapeutique extrême, il n'y a rien pour eux, alors on les extrait du monde. Retardés sociaux, schizophrènes intrépides, criminels en roue libre, ils sont la gangrène dont on veut se débarrasser, le malsain que l'on doit terrer.

7

Yaya se réveille de la sieste imposée faible et patraque. Le vent souffle en rafale dehors et ce sont ses os qui se glacent. Il pense à son petit chat, son cœur se serre. Il aimerait simplement pouvoir nettoyer les yeux de Souvlako, ces globes ronds qui se salissent et qui pleurent, en retirer les poils glués à la surface et les poussières accumulées dans les coins. Il va falloir se ranger dans le couloir, se rhabiller à la vue de tous, avaler le troisième traitement de la journée. Yaya aimerait être à son bureau, chez lui, se saisir de ses feutres et stylos, poser sur l'écru des feuilles de son carnet préféré les couleurs des nuits d'avant. Yaya dessine comme certains écrivent, il note des impressions, dépose des paysages. Depuis petit, c'est dans ses mains qu'il place son assurance. Il aime l'alternance de force et de légèreté qu'il peut y mettre pour tracer ce qu'il voit comme ce qu'il a en tête. Il ne doute pas de son geste et se ravit de sa fluidité et son aisance. Ça a été une histoire de sensation plus que de rendu dès le début. Le feutre qui glisse, le stylo qui gribouille, le crayon qui griffonne. Enfant, il raffolait des épais livres de coloriage que sa mère parfois lui achetait. Lui qui ne s'énervait jamais ressentait une frustration quand les pages trop fines et de mauvaise qualité, une fois coloriées, dégorgeaient sur le dessin vierge au verso. Yaya avait appris à délaisser les feutres pour ce type d'exercice et à utiliser les crayons, avec délicatesse. Yaya s'appliquait à remplir les espaces de ses couleurs préférées, à songer aux harmonies, à créer de la nuance ; ça l'apaisait de réaliser une tâche qui possédait des contours. Quand il n'y avait pas de coloriage à la maison, il prenait des feuilles blanches A4 et couvrait la surface de 21 sur 29 centimètres à l'aide de ce qu'il avait sous la main. C'est ainsi qu'il avait élaboré sa première fresque à la gouache, en peignant une ribambelle de feuilles, chacune monochromatique, et en les scotchant ensemble avant d'accrocher le tout au-dessus du canapé du salon. Cette œuvre, belle comme un arc-en-ciel, était restée là où le petit garçon l'avait exposée des années – jusqu'à ce qu'un soir, Mahdi y mette le feu.

II

1

Ce qui est bien, c'est qu'il y a toujours la rassurante possibilité du suicide. Des années passées sans pleurer pour en arriver à avoir les yeux rouges qui gonflent alors que l'on vient juste de commander un cheeseburger au guacamole ; Mauve ne s'attendait pas à ça. La sensation poisse de solitude, le sweat-shirt bleu délavé trempé, le fait que ceux qui t'ont aimée et que tu aimes encore ne sont plus là. Quelque temps maintenant que Mauve essaie de se remettre à flot, qu'elle limite les contacts au minimum, qu'elle échappe aux souvenirs pixellisés, les relègue au loin pour sortir du mal et se terrer dans le monde pâteux et flou de la dépression. Le burger déboule : viande rouge qui saigne, oignons qui craquent, avocat écrasé, saint-nectaire qui fond, pain brioché. Ça c'est un truc, faut savoir comment le prendre. Elle ouvre la bouche le plus grand possible, sa perlèche craque, tout se casse la gueule. Elle reconstitue le burger, étage par étage, dans son assiette, et répète la manœuvre. Ça la distrait et la concentre. Mauve s'en met un peu partout, lèvres, menton, nez aussi, et c'est les doigts crades qu'elle essaie de déverrouiller son téléphone pour répondre à sa mère qui l'appelle. Elle n'arrive pas à décrocher, seulement à tartiner l'écran de guacamole et de sauce. Adélaïde devra patienter.

Adélaïde appuie sur « appel » pour la dix-huitième fois. Sa fille ne répond pas, sa fille n'est pas couchée dans son lit, sa fille est en danger.

Mauve mange sa montagne de frites au rythme des vibrations de son portable. Il n'y a pas de dix-neuvième appel. Elle racle le pot de mayo avec le doigt et s'échine à chasser l'idée de mort de sa tête, même si ça fait drôlement du bien de savoir que toute cette merde peut s'arrêter, qu'on peut mettre fin au calvaire qu'est la vie, que la consolation est à portée de main. Mauve finit son burger et se demande quand tout a commencé à salement dérailler.

2

En prison, il y a quand même beaucoup de ratés du style gros losers. Mahdi est effaré par l'affluence grandissant de petits joueurs. Pas croyable tous ces débiles incarcérés parce qu'incapables de voler sans se faire prendre. *Eh faut courir les mecs.* Mahdi fredonne une ritournelle en caressant ses souris. Il s'est constitué un modeste élevage ; elles sont au nombre de deux. Il les cajole, leur a donné un nom – Schlass et Schlassette – les cache le plus souvent, de peur qu'un gardien sadique, décidé à lui briser le cœur, les crève devant ses yeux.

3

Dix-huit heures trente, boulevard Haussmann, Mauve entre chez Sephora histoire de se racheter une face. Après avoir passé l'après-midi à pleurer tête sur volant dans un parking souterrain, *c'est pas du luxe*. Va falloir faire bonne figure devant sa mère, calmer ses angoisses et justifier son absence. La boule dans la gorge n'a cessé de grossir. Un filet noir, gluant, trop chaud, parcourt sa trachée, le genre de trucs qui finit par t'aspirer les poumons alors que tu cherches à les remplir, de l'encre de seiche qui se met à suinter partout dans ta cage thoracique. Mauve se dirige intuitivement vers le maquillage, elle chope un fond de teint, le fait gicler sur ses doigts et s'en barbouille généreusement le visage entier, *voilà c'est mieux*. Elle couvre ses yeux boursouflés, leurs cernes, de pâte claire, et pense à ceux de Yaya. Des yeux comme le soleil. Durs à regarder en face. Pénétrants.

4

Bientôt l'heure du dîner. *Ce sera pas toujours comme ça, tu t'en sortiras, tu sortiras.* Yaya se parle, se coache, il joue au chic type avec lui-même. Il réussira à s'échapper de ce monde qui cherche à le limiter. Il trouvera son itinéraire bis. Il se promet de tenir bon et de mettre son énergie à déguerpir d'ici plutôt qu'à éteindre sa vie. Il ne peut résolument pas faire ça à sa mère et l'idée qu'il ne peut pas se faire ça à lui, qu'il ne le mérite pas, commence à faire son chemin. En attendant, Yaya serre les dents. Quand il a assez d'énergie, il pense à l'après. Ça ne se demande pas trop *depuis combien de temps t'es là ?* c'est tabou. Il suffit d'un avis médical pour entrer, il faut cinq expertises pour partir. Tout le monde est obsédé par la sortie. Ici, on s'en fout du reste, soit on voit rien, soit on voit bien qu'on n'est pas là pour être aidé, traité, soigné, soins intensifs la blague, personne n'écoute, personne n'entend, pas de thérapie par la parole pour l'instant, alors quand on aperçoit quelqu'un on veut juste savoir quand on passe au pavillon d'après. C'est qu'il y en a encore deux autres à intégrer avant d'envisager l'éventualité d'être libéré, mais attention, la route n'est pas toute tracée, un retour à la case départ peut toujours arriver.

Quatre-vingts lits. Quatre pavillons d'hospitalisation. Le 38, pavillon des entrants. Le 37, pavillon intermédiaire. Le 35, pavillon de la préparation à la sortie. Et le 36, pavillon fourre-tout, pavillon des femmes. S'ajoute une unité fonctionnelle d'activités transversales où les patients foutent rarement les pieds ; la directrice avait expliqué à Sékouba à son arrivée que cette unité complétait de façon dynamique et créative la prise en charge mais, dans les faits, l'ergothérapie, la psychomotricité, les ateliers d'écriture et de théâtre restent des activités plus simples à mettre en place pour les enfants de bobos que pour les malades difficiles.

5

Mauve roule et les souvenirs remontent comme des vapeurs. Les souvenirs heureux de l'enfance, le soleil brûlant puis glacial de l'adolescence. Yaya avait été son premier ami, tardif. Celui qui était venu chambouler son horizon, en modifier les contours, lui donner de la perspective. Huit ans et demi à se construire un merveilleux petit monde et *zou* huit secondes et demie pour savoir qu'elle avait rencontré quelqu'un à qui l'offrir.

Grande fête sous le préau avant les vacances de la Toussaint. Un vendredi après-midi de folie, les grands étaient réunis pour jouer, fabriquer des décorations d'Halloween et manger des araignées gélatineuses. *Yakalélo.* C'était l'été 1998 qui ressurgissait à l'automne 2005 et mettait en transe les enfants. *Yakalélo.* Les maîtresses avaient monté le son et les élèves sautaient, hurlaient, exultaient ; Mauve scrutait la *rave-party* sans trop oser y participer, elle ne savait pas comment faire pour danser, trop consciente de son corps, de son manque cruel de spontanéité et surtout pas assez *sugar high* malgré le boulottage intensif de bonbecs. Elle hésitait à se lancer pour rejoindre les autres – *j'y vais, j'y vais pas* – et puis elle s'était avancée, résolue et terrorisée, quand, à son grand soulagement, *Yakalé*... la musique s'était éteinte. La directrice avait déboulé dans la cour de sa démarche chaloupée d'oie rigolote en agitant les bras. Elle était accompagnée de deux petits garçons qu'elle a vite présentés comme de nouveaux élèves. Ils étaient frères, c'était évident, ils étaient beaux, c'était indéniable. Une aura sensationnelle qui, couplée au mystère de cette arrivée en cours d'année, avait décuplé la fascination. L'un d'eux avait gardé la tête baissée, on ne voyait que ses boucles détendues, lâches et emmêlées, d'un blond miel amalgamant l'acacia, le tilleul et la ronce. La peau mordorée, le visage ravissant, régulier. L'autre regardait droit devant lui, yeux noirs fixant l'horloge, évitant soigneusement de croiser âme qui vive. Il y avait quelque chose de tordu et de cocasse dans sa façon de se tenir, un sourire retroussé qui laissait apparaître une fossette sur la joue gauche, un sourcil levé qui indiquait un je-m'en-foutisme peu subtil, des cheveux noirs habités par la même souplesse ondoyante que chez l'autre enfant. La peau cuivrée. Le visage anguleux. *Voilà Mahdi, il sera en CM2. Et voilà Yaya, CM1, allez lève la tête, souris !*

6

La lune est ronde quand Mauve rentre. Elle n'ira pas travailler cette nuit. Il lui faut du repos. Elle grimpe jusqu'à son lit et entend sa mère maugréer. Adélaïde l'a à peine saluée, faut croire que les dix-huit appels appartiennent à un espace-temps différent, là tout de suite elle a d'autres occupations. Elle dit : *On va t'couper le robinet, faut arrêter de faire des misères à ta Mamie, couic le robinet.* Elle parle à Panino le chat. Elle souligne que la vie ne l'aura pas épargnée, elle. *Heureusement qu'elle est gentille ta Mamie, toujours là pour nettoyer.* Elle peste. *Une vraie bonne poire, moi.* Elle attrape ses joues de poils avec fermeté, elle explique : *Tu vois t'es tellement mignon quand tu pisses pas partout.* Mauve ne peut pas ne pas entendre, elle dort sur la mezzanine, les paroles et les bruits c'est pour sa gueule : une histoire de remontées vibratoires des sons. Mauve ne peut pas – non plus – éviter de se figurer le tableau. Alors, elle le voit : sa mère, lunettes à monture métallique posées fièrement sur son nez étroit et coupe au bol auburn qui gigote alors qu'elle dispute le chat. Ça se déroule pareil chaque soir, et c'est aussi pour ça que Mauve ne tient plus à être là, Panino pisse de rage sur les papiers à terre et gratte le sol avec une énergie indécente, il a les pattes musclées le coquin, et systématiquement, sa mère fait l'étonnée. *Bah alors t'as encore pissé, oh merde il a pissé sur mon roman, je vais devoir tout réimprimer, on va le scalper et vendre sa fourrure pour pouvoir racheter des cartouches d'encre, ça va pas faire un pli.* Après elle balance de la javel partout, frotte, et le chat lui donne des coups de tête dans les mollets, excité par toutes ces odeurs qu'il aime : pisse, hypochlorite de sodium, encre sèche et encre mouillée. Elle menace de couper le robinet et puis embraie sur ses rêves de possession. Une maison en Islande, un frigo américain plein de *mochi*, *daïfuku* à gogo, un home cinéma et un grand sauna. Adélaïde parle au chat. Adélaïde parle seule. Adélaïde tente d'écrire à haute voix. Ce soir, elle profite de la présence de Mauve pour accrocher Panino à l'échelle et conclut : *Va voir ta mère l'ingrat. C'est Mamie les croquettes, Mamie qui fait la caisse, et jamais un câlin moi.* Mauve est lasse de ce cirque infernal mais la présence de la boule de poils l'apaise. Elle enlace son petit escaladeur, il se dresse contre ses bras qui le forcent et ronronne fier et bruyant sur son ventre. Adélaïde boit trop de café la nuit, rumine, mène des projets fous, rédige son chef-d'œuvre. Mauve a vingt-six ans et sa place dans le monde se résume à un matelas de 90 sur 180, une lampe en cristal de sel orangé, des livres de Violette Leduc et d'Emanuelle Bayamack-Tam. Ce n'est pas la fête tous les jours mais le chat vicieux est trop adorable pour qu'elle le laisse tomber, l'abandonne dans cette unique pièce mal rangée avec Adélaïde et ses nerfs.

7

Adélaïde traverse une mauvaise passe. Quelques années déjà que la vieillesse l'embête, qu'elle fatigue des petits boulots pour compléter sa retraite, des agressions quotidiennes, de la méchanceté de celles et ceux qui l'emploient et s'octroient tous les droits parce qu'ils sont du côté du porte-monnaie. Adélaïde a des ambitions sur lesquelles elle n'arrive plus à refermer les doigts. Elle se rend bien compte que sa fille ne la regarde plus pareil, qu'elle a dégringolé dans son estime et que tout ce à quoi elle a le droit n'est qu'une pitié riche en miséricorde. C'est vrai qu'elle est chiante avec Mauve, mais aussi, si celle-ci avait fait des études – elle qui était si douée – elle n'en serait pas là, si jeune et déjà confrontée à l'âpreté des clients, à la saleté de la nuit, aux boulots de service où l'on te crache dessus, à ce satané monde consumériste.

8

Mauve et Adélaïde ont toujours habité un rez-de-chaussée de la rue Custine. Un appartement alambiqué qui ne donne pas sur la rue mais sur une cour qu'elles sont les seules à pouvoir pénétrer. Adélaïde avait grandi ici, de ce côté de la butte avec ses escaliers de pierre, ses recoins, ses cafés. À la naissance de sa fille, elle s'était refusée à renoncer à ses souvenirs, aux heures folles passées au *Rocco Club*, aux boulangeries dévalisées, aux vieux dessinant Montmartre sans répit, à la vue quand on s'élève jusqu'au sommet du Sacré-Cœur. Elle avait voulu pour sa fille une vie qui imiterait la sienne, elle avait choisi cette répétition – que Mauve voie avec ses yeux, qu'elle prenne goût à compter les pavés, les poteaux, les lampadaires de la rue Custine et des alentours – tout en sachant qu'elle ne pourrait échapper à la variation. Mauve avait fréquenté la même primaire que sa mère, celle du Mont-Cenis. Elle n'y avait pas franchement eu d'amis, elle n'avait pas cherché à s'en faire. Mauve n'allait pas au contact, n'en voyait pas l'intérêt. Elle préférait écouter les maîtres et maîtresses, trouvant leurs paroles potentiellement (mais potentiellement seulement) plus sensées que celles de ses camarades.

À l'époque, Mauve était encore impressionnable : les groupes l'effrayaient, les ciels de pluie l'éblouissaient, Adélaïde la subjuguait. Se rendre à l'école lui était difficile. Se lever alors qu'il faisait sombre, toujours trop sombre, s'arracher au sommeil et aux rêves, à leur transport, l'énervait profondément. Le matin, elle avalait des céréales miellées, buvait un chocolat chaud et regardait captivée *Arthur*, *Hé Arnold!* et *Le Bus magique*. Jamais elle n'allumait la lumière, elle se refusait à déranger sa mère. Les ondes bleues coloraient son lait et son visage, elle se collait à l'écran pour que le volume reste au minimum. C'était là qu'elle se sentait bien, à sa place, là par terre sur le parquet, rivée aux images bigarrées, rassurantes, des dessins animés, pendant que sa mère dormait. Chaque fois, c'était l'arrachement, les minutes qu'on grappille pour quitter la maison le plus tard possible, pour dire au revoir à la chaleur froide de la télé, avant de retrouver la dure salle de classe.

À Mont-Cenis, les écoliers étaient à la fois chiants et intrusifs. Mauve se disait déjà que c'était là peut-être le propre des enfants. Ils parlaient beaucoup, beaucoup et souvent ; Mauve n'aimait pas ça. Elle ne savait pas quoi répondre quand ils lui demandaient : *Et ta mère elle fait quoi ta mère* en traînant la voix sur le *ta mère* et le *quoi*. Adélaïde avait des occupations, ça changeait souvent. Mauve se taisait, ferme et définitive, refusant d'évoquer son monde, de le dévoiler. Adélaïde était son trésor, sa maman, son univers doux-amer. Heureusement pour Mauve, il y avait les week-ends et les vacances. Le vendredi soir c'est ce qu'elle préférait par-dessus tout. Mauve le savait, elle se trouvait au sommet d'une colline verdoyante qu'elle s'apprêtait à dévaler sans contrôler les pieds, laissant les jambes folles, à toute vitesse, entraînée par l'irrépressible élan, par la joie à l'idée de glisser, de rouler, de jouer pendant deux jours pleins et entiers, sans entrave. Aujourd'hui, cette sensation lui manque, elle regrette cette liberté dans le ventre, ce truc essentiel et pur, ce moment dingue où elle se savait sans contrainte, reine de son temps, reine pouvant passer quarante-huit heures d'affilée en pyjama. Le dimanche soir, c'était le retour de l'inquiétude qui terrasse. Dès ses cinq ans, Mauve avait mis des mots sur ces moments d'angoisse, elle savait déjà qu'elle vivait ce que les grands appellent des coups de cafard. Adélaïde avait repéré la tristesse et essayait – systématiquement – de chasser le blues de sa fille en l'installant devant *Ça cartoon* et en dressant un joli festin : mini-quiches aux légumes, tomates-cerises, madeleines au curry, bébés-carottes, micro-éclairs au caramel, plus c'était petit, plus ça distrayait sa fille et repoussait l'imminence du lundi qui vient, et qui toujours viendra.

Au 59 de la rue Custine, l'argent n'était pas un problème. Mauve mangeait du pain de mie sans croûte, du raisin jaune, de la papaye séchée, des abricots bio. Elle piochait dans le pot de miel géant et se délectait de jus de fruits exotiques ou de goyave à même la bouteille. Mauve ne connaissait pas le manque. Sa mère l'emmenait chaque jour après l'école à la boulangerie pour lui offrir pain au chocolat et paquet de bonbons. Une fois rentrée, Adélaïde la laissait prendre un second goûter si cela lui chantait. Mauve ne le faisait pas souvent, mais il lui arrivait d'être exténuée par l'école, par cette socialisation forcée et cette communication imposée, et c'est alors qu'elle éprouvait le besoin de croquer dans des choses, de reprendre un verre de multivitaminé, d'engloutir une tartine chargée en chocolat ou un yaourt de brebis. Adélaïde n'y avait jamais vu aucun inconvénient, les céréales, le lait, le sucre, *c'est bon pour la croissance.* Le plaisir, le piquant, *c'est bon pour les enfants.*

L'existence d'Adélaïde n'avait pas de contours définis. Mauve voyait la vie de sa mère comme un de ces élastiques avec lesquels elle jouait parfois en les accrochant aux troncs des arbres. Un truc souple, fluo, qui s'étire et se remodèle sans cesse en fonction de celles et ceux qui entrent en son centre. Adélaïde rendait des services, se glissait dans les appartements des autres, faisait le ménage, arrosait les plantes, gardait toutes sortes d'animaux, remplaçait au pied levé les serveurs et serveuses qui faisaient défaut dans les cafés de la rue. Adélaïde était appréciée et débrouillarde. Sans savoir de quoi la journée de sa mère serait faite, Mauve l'imaginait prête à relever des défis, à enfiler mille costumes, la rêvait déesse des aventurières. L'appartement de la rue Custine ne cessait d'évoluer. Adélaïde rassemblait, recueillait les objets et les choses. Elle rapportait des trucs de la rue, et chaque jour était un avant-goût de Noël. La plupart des jouets de Mauve venaient de là : de ce qu'Adélaïde dénichait, de ce qu'on lui donnait. Mais il y avait aussi les folies douces de sa mère, sa générosité, cette propension à donner monts et merveilles à celle qu'elle aimait le plus. Quand il y avait de l'argent, et pour Adélaïde il y en avait toujours un chouïa qui traînait quelque part, elle se rendait chez Emmaüs et dégotait peluches majestueuses, vieilles maisons de poupées à restaurer, robots épuisés et figurines à faire vivre. À huit ans, Mauve était entourée des créatures les plus fabuleuses qui soient. Elle aimait les strass et les paillettes, les couleurs pigmentées, le satiné du plastique. La fascination pour les trouvailles de sa mère grandissait à mesure que le bazar joyeux se démultipliait. La nuit quand elle se couchait dans son lit en hauteur, elle installait, en veillant à leur confort, toutes ses peluches favorites – il fallait que chacune puisse respirer, et qu'elle, Mauve, soit capable de les entourer de ses bras, toutes à la fois pour éviter des jalousies. Ses animaux, comme elle les appelait, veillaient sur elle autant qu'elle les protégeait. Les jouets de Mauve s'incorporaient à sa solitude jusqu'à la diluer, en lisser les aspérités, en avaler les grumeaux. Quand Adélaïde s'absentait du 59 rue Custine – parfois longtemps – Mauve donnait sens au désordre. Elle transformait sans rien toucher. Les Petits Poneys, les Playmobil, les figurines Kinder, tous ces personnages entraient en scène. Ils traversaient des océans de parquet, escaladaient des montagnes de livres, tombaient dans des précipices de tiroirs. Les périples étaient longs mais la rencontre des oasis toujours les clôturait. Mauve menait des campagnes, livrait des guerres, écrivait des épopées. Ses amis inanimés, elle les chérissait, les chouchoutait, leur consacrait son cœur.

Et puis Yaya avait débarqué, ce vendredi d'octobre 2005, dans le préau de cette école du dix-huitième. Il avait fini par relever la tête et l'éclat bleu de son œil était venu se ficher dans la rétine de Mauve. Huit secondes et demie à se fixer et à sonder leurs âmes, à se reconnaître sans pourtant jamais s'être vus, et voilà c'était ainsi, ce jour était fait pour arriver et le grand bazar de la folle amitié, *à la vie à la mort*, commencer.

III

1

Le RER B part à sept heures une. Le RER B *doit* partir à sept heures une. C'est écrit sur ratp.fr. C'est écrit en lettres orange sur le panneau d'affichage dans le hall. C'est écrit. C'est carré. Ça bouge pas. Sékouba se lève tôt pour aller bosser. Trop tôt. Il compte sur l'immuabilité des horaires pour ne pas avoir à décaler ses habitudes ni à remanier son programme cousu main. Faut que la marge d'imprévu frôle le zéro sinon ça le fait pas. Sékouba est un inflexible idéaliste qui a pourtant beaucoup pratiqué le RER. OK, impossible d'éviter les pannes, grèves, voyageurs sur les rails, *putains de voyageurs sur les rails toujours à traficoter je ne sais quoi.* OK, c'est une formation accélérée en zénitude, *laisse couler, respire, ferme les yeux, ce monde n'existe pas dans tous les cas, rien n'est vrai, quelle importance d'être bloqué à quai depuis douze minutes?* Mais en ce matin dégueulasse d'octobre pluvieux, Sékouba est vénère. *Deuxième fois que le mec fait le coup, putain! Que le train entre en gare plus tôt OK mais qu'il s'en aille avant sept heures une, c'est quoi cette embrouille?* Les retards c'est une chose mais que le train parte en avance et menace de tout déstabiliser alors que t'es réglo ça c'est un non. Sékouba a dû sprinter en entendant les roues crisser sur les rails, il n'avait même pas encore validé son titre de transport. D'un, il voue une haine mortelle à la course, de deux, il paie son abonnement Navigo une demi-blinde, c'est pas pour risquer l'amende, même cinq euros ça soûle. Une minute ça change drastiquement la gestion d'une matinée quand t'es précis et Sékouba a appris à être un homme d'exactitude. Il déteste l'idée de s'arracher à sa couette même un quart de dixième de zeptoseconde plus tôt. Surtout que s'il commence à se caler sur ce nouvel horaire officieux, c'est là – à tous les coups – que le train va se mettre à repartir à sept heures une ni vu ni connu et qu'il va se retrouver à poireauter comme un con congelé – *et mouillé, sans blague quand est-ce que ça s'arrête la pluie, l'an prochain ?* – à songer à la chaleur du corps d'Inaya et personne, absolument personne, ne lui rendra le temps perdu loin de son cou, de son dos, de ses fesses et de sa bonne odeur de brioche. *Putain de conducteur RATP trop zélé qu'a pris la confiance et se croit à un grand prix de F1.* Sékouba saute dans la rame de ses grandes jambes de grenouille. Les portes automatiques se referment devant une jeune trempée jusqu'à la moelle qui hurle comme un putois enragé en tapant contre la vitre. Sékouba dégaine sa petite tête embarrassée de *franchement je compatis, déso,* les yeux plissés, les mains retournées vers le ciel et puis la meuf, d'un coup, gueule qu'elle va enculer le conducteur si fort qu'on verra le jour à travers sa bouche alors Sékouba détourne le regard, *c'est trop, elle est dans l'abus la petite.* Sékouba partage un deux-pièces avec sa copine à Antony. Les Baconnets, jamais il a quitté et parfois il se dit que jamais il quittera. Il y a grandi, il y est attaché, mais Inaya elle a plus de mal. Pourtant y a masse de trucs rigolos par ici. Des opés anti-drogue dignes d'Hollywood avec bouclage de quartier et hélico qui survole la zone, *eh franchement les flics ils font délirer parfois.* Faut croire qu'Inaya n'est pas friande des films d'action. Allez ça viendra ou alors ils partiront. Sékouba serait prêt à s'éloigner par amour, à rêver plus grand, différent : le pavillon, le bout de jardin, les oiseaux qui pépient. Le vrai deal. Ah et le chien ! L'adopter à la SPA. Un chien ça lui plairait vachement. Pour l'instant, Sékouba s'y refuse, cruel quand t'as pas d'espace. Il en voit trop des molosses dont la seule perspective est de zoner en bas des tours avec leur maître ; plus déprimant tu meurs. Il se fraie un chemin dans la rame, manœuvrant son grand corps solide avec la souplesse d'une anguille. De la place vide dans le carré à côté de la fenêtre : il s'assoit et sort son portable. *Ah quel bonheur le trajet avant le travail quand t'es posé tranquille.* Un sas de décompression, c'est sacré de se perdre sur Wikipédia. Sékouba a une vraie tocade avec ça : toujours un lien bleu prêt à devenir violet, que demande le peuple, c'est l'infini du kif. Pas besoin d'écouteurs pour être concentré, il est happé, il adore apprendre. En ce moment, il se fait les races de chiens. Sékouba lit, Sékouba retient. Mémoire exponentielle. Plus il lui donne à manger, plus elle absorbe, plus elle absorbe, plus elle a faim. Ce don, il l'a depuis tout gosse mais les choses ont véritablement pris une tournure intéressante quand il a commencé à maîtriser la lecture au CP ; c'est là que l'archi-puissance s'est déclenchée, il retenait précisément tout ce qu'on lui mettait sous les yeux, décontracté, limite arrogant le gosse. C'est pas tout le monde qu'a un super-pouvoir aussi – qu'est-ce qu'il s'est vanté dans la cour de l'école et qu'est-ce que les copains se sont a-char-nés à essayer de le piéger, *vas-y retiens ça pour voir, et ça tu peux, vas-y ça c'est troooop long, impossible, mais ouech comment tu fais, sur ma vie t'es le boss*. Maintenant, Sékouba se la pète moins mais il sait qu'il est magique.

Tiens, Bourg-la-Reine sa station, en huit arrêts il s'est ingurgité le malinois (chien lupoïde de type médioligne, sec, souple. Cinquante-huit centimètres au garrot pour la femelle, soixante-deux pour le mâle), le carlin (venant de Chine, face écrasée, ronfleur, trente centimètres au garrot), le berger australien (originaire du Pays basque et non d'Australie, cinquante-huit centimètres au garrot pour le mâle, cinquante-quatre pour la femelle) et le jack russell (chasseur, véloce, terrier, vingt-cinq à trente-deux centimètres au garrot). Sékouba a le goût de l'anecdotique : le malinois qui a perdu la vie au Bataclan lors de l'assaut était une chienne du nom de Diesel ; Joséphine de Beauharnais avait un carlin, Fortuné, sûr qu'il devait l'être ; le comédien italien du dix-huitième siècle Carlo Antonio Bertinazzi, surnommé Carlin, a donné son nom à la race ; oh et le premier terrier s'appelait Trump. *Malaise*. Une fois à Bourg-la-Reine, il monte dans le bus 172 et treize arrêts le séparent de l'hôpital Paul-Guiraud. La pluie s'est éteinte, pas la nuit. Sékouba s'installe et change son fusil d'épaule. Certes, l'article intitulé « Liste des races de chiens » répertorie trois cent soixante-huit races mais Sékouba aime varier les plaisirs. Virage à cent quatre-vingts, il se met sur le doss' Chateaubriand et se dit qu'il emmènerait bien Inaya à Châtenay-Malabry la prochaine fois que leur jour de repos coïncide. La

Vallée-aux-Loups c'est beau gosse hein – cinquante-six hectares de parcs et de jardin. Sékouba s'imagine la flânerie bucolique, les roulades dans l'herbe et le pique-nique trop chic. Moins jojo l'UMD. L'unité est située tout, mais alors tout, tout, tout, tout au fond de l'hôpital, sur la gauche, isolée autant que possible. C'est simple après y a plus rien, rien d'autre que les morts du cimetière de Villejuif.

2

Depuis qu'il a entendu Eugène le murmurer, Yaya se répète souvent, lui aussi à voix basse : *Je ne mourrai pas dans un coffre*. Les angoisses les plus fortes, il les éprouve au réveil. Chaque fois que son esprit se ranime, c'est la terreur. Et comment ne pas se sentir dévasté à l'idée de vivre une nouvelle journée au pavillon 38. Ce matin, il garde les yeux clos et reviennent les paroles d'Eugène : *Je ne mourrai pas dans un coffre, je ne mourrai pas dans un coffre, je ne mourrai pas dans un coffre* – incantation, méthode Coué, volontarisme délirant, Yaya trouve un certain apaisement à la répétition. Il visualise les lettres colorées et mouvantes, elles descendent dans sa gorge, glissent, rondes et piquantes, puis remontent et rampent sur sa langue pâteuse, gonflée, pour rebondir et, enfin, s'échapper d'entre ses lèvres : *Je ne mourrai pas dans un coffre*. Légère agitation dans le couloir, le store électrique se lève sur la timidité du ciel gris plein de pluie. L'infirmier qu'il aime bien ouvre la porte et salue, le visage paré de son immense sourire-lumière. Yaya se dit qu'un sourire comme ça pourrait éclairer la plus sombre des grottes du fin fond de la Slovénie. Yaya ne se doute pas que cet infirmier dont il ne connaît pas encore le nom n'a pas trop la pêche. Yaya ne sait pas que la sérénité s'est évaporée de ses traits. Yaya ne voit pas, non plus, que les pattes d'oie qui ont creusé son visage à force de rigolades ne sont plus que les sillons d'une rivière asséchée. Yaya ne sait rien des vêtements amples et chatoyants qu'il porte à l'extérieur, il ne connaît de lui que le blanc de sa blouse et de son pantalon cent pour cent polyester, ainsi que son sourire-soleil qui éclipse la fatigue insensée des matins déphasés.

3

Sékouba referme la porte assez vite et Yaya se trouve de nouveau seul dans cette chambre laide et vide. Le mobilier est sommaire – euphémisme. Une chaise, une ébauche de bureau, *pour quoi faire à part te narguer*, un lit, le tout fixé au sol. Les toilettes, le lavabo, la cabine de douche. Tiens, l'eau a dû être activée, Yaya fait descendre son pyjama trop large le long de son corps trop maigre avant de s'asseoir à même la céramique jaunie. En tailleur, il laisse l'eau tiède, toujours tiède, s'écouler sur son dos recourbé, son sacrum saillant, ses cheveux pendants, ses genoux poilus. Yaya rêve d'autres espaces et devant ses yeux s'efface le damier imparfait du sol platine mêlé à l'alezan, disparaissent les carreaux séparés d'un liseré sombre – joint sali par le temps –, et dansent cabanes scandinaves, cottages anglais et maisons grecques.

4

Agapé verse le thé fumant dans sa tasse japonaise en porcelaine vert émeraude. Sans anse, elle la prend à deux mains pour sentir la chaleur du liquide infusé. Le sommeil et la faim l'ont quittée au moment de l'arrestation de Mahdi. Depuis l'internement de Yaya en UMD, elle s'est remise à grignoter et à dormoter ; le strict minimum mais elle s'y oblige : si elle veut soutenir son fils, elle ne doit pas défaillir. Au tout début, elle n'avait pas compris. Elle avait été étonnée que l'hôpital dise ne plus pouvoir le garder ; effarée d'entendre que Yaya avait fait du mal à quelqu'un, une entorse au coude, ce n'est pas rien. Une fois le transfert effectué, elle avait cherché à joindre l'UMD dans l'espoir d'avoir des nouvelles de son fils. Elle avait fait des recherches et contacté des associations, notamment le CRPA, le Cercle de Réflexion et de Proposition d'Actions sur la psychiatrie, elle avait épluché leur site, trouvé vingt-huit articles relatifs aux UMD, lu des récits d'hospitalisation d'office abusives et illégales, s'était renseignée sur les voies de recours – contacter le juge des libertés et de la détention, la commission départementale des soins psychiatriques, le tribunal administratif, la cour d'appel ? – Agapé avait été aspirée par un tourbillon, dense, confus. Le thé himalayen lui tapisse la bouche. Ces journées sans travail sont les plus redoutables. Elle prépare ses cours, certes, elle corrige, heureusement, mais après vingt-cinq ans à enseigner les langues et les lettres anciennes en lycée, ça n'est, hélas, plus aussi chronophage qu'au début. Elle note les courses : du riz, des clémentines, des barres de céréales, des yaourts à la noix de coco, des dattes. Elle brosse Souvlako : il perd une quantité astronomique de poils. Elle lit : vingt minutes toutes les deux heures, chronomètre activé pour forcer la concentration. Elle passe le balai puis l'aspirateur, tapote les rideaux, aère longuement, allume un bâton d'encens. Elle sort marcher une heure trente. Elle écrit à Yaya : chaque jour sans exception, quelques phrases, du factuel, des nouvelles de Souvlako, une anecdote sur sa façon de manger ses croquettes en les faisant voler hors de sa gamelle, des mots d'amour, de réconfort, des promesses, *tu te reposeras, nous voyagerons, tu câlineras ton chat, tu verras le monde, tu dessineras, nous prendrons le temps et les couleurs reviendront.* Elle ne mentionne pas Mahdi, elle ne veut plus assaillir Yaya avec cette souffrance, elle l'a trop fait. Pour l'instant, il ne lui répond pas. L'avocate lui a pourtant dit que les patients en UMD pouvaient recevoir et envoyer librement du courrier dès leur arrivée.

La théière se vide, de nouveau. Agapé remet de l'eau à chauffer, la bouilloire fait un bruit d'hélicoptère au décollage. Elle ira en acheter une nouvelle aujourd'hui. Voilà un objectif. Elle s'installe à son bureau, ouvre son ordinateur et lance sa vidéo favorite : « Musique Douce : Relaxante, Calme – Nature Relaxation ». C'est parti pour deux heures quatre et quarante-neuf secondes. Elle met l'image en plein écran : une jolie et paisible cascade, l'eau turquoise dansant autour de trois rochers soyeux, lui rappelle les yeux de son fils, dans le fond un arbre aux feuilles sempervirentes et humides chaloupe. Il y a vingt-trois mille quatre-vingt-douze commentaires sous cette vidéo, parfois, Agapé les lit. Tous, extrêmement enthousiastes, vantent les pouvoirs de cette musique. Certains souhaitent *bon courage*, déposent des émojis et des cœurs rouges, livrent un bout d'intimité : *J'ai perdu ma mère, j'écoute cette musique depuis un an et demi, ça m'aide beaucoup, merci.* Le puissant thé est infusé, Agapé en avale une gorgée brûlante, rassurante. Elle ne faiblira pas. L'injustice est un exceptionnel moteur. Elle accroche à ses oreilles les boucles de lapis-lazuli confectionnées par Yaya, enfile son élégant tailleur, replace la grande mèche argentée qui strie ses cheveux brun sombre sur le côté : les éclaircies sont partout.

5

Petit déjeuner, Yaya est assis à la table d'Eugène, Marco et Jean-Luc. Comme d'habitude. Comme toujours. Les chaises sont arrimées à une structure métallique noire elle-même soudée au sol, les tables aussi. Yaya est placé à côté du mur, ce qui l'énerve car c'est oppressant. Évidemment, c'était la place vacante. Le plan de table est immuable et personne ne peut le contester. Eugène chantonne : *On sait qui on enterre, on sait qui on brûle* en beurrant sa biscotte à la cuillère. Yaya sait que c'est faux, personne ne les connaît eux, les enterrés vivants, les brûlés vifs.

Salle commune, pas de place assise. Yaya commence à s'accoutumer au traitement, ce matin il a assez de cerveau disponible pour autre chose qu'une plongée dans le coma. Il fait la liste de tout ce qui lui manque. De tout ce qu'il fera dehors. De tout ce qu'il faisait. Il pleure la bouillotte sur son ventre qu'il posait le soir quand il était malheureux. Il pense à Mauve et se superposent les images du Belize : Didi dans la mer, Didi sous le soleil, Didi dans le vent, Didi sous la douche. Il rêve de supermarchés asiatiques, de s'acheter des raviolis et des gâteaux au taro. Il se souvient de Mahdi qui donnait des ordres pour construire les plus belles spirales en Kapla qui soient. Il veut prendre un bateau pour la Grèce, naviguer, faire escale et pêcher du poulpe. Il se souvient de tout ce qu'il fera dehors. De tout ce qu'il faisait. Il se rappelle sa mère et son frère qui trichaient au Uno, comme d'ailleurs à tous les jeux, et lui trop timide pour dire quoi que ce soit devant leur complicité, ce cataplasme.

Le problème avec Eugène, c'est l'intensité. Là, il hurle sur un autre retenu comme s'il était en manif'. Dommage, il a quelques bonnes histoires à raconter mais il est incapable de parler tranquille. Eugène, c'est un mec sanguin, un peu hardos, qui, dans la vie, a souvent eu *les nerfs qu'ont lâché* comme il dit. La plupart du temps c'est la faute à cette satanée *goutte d'eau* qui le fait déborder. Toujours à cause d'une petite connerie, il le sait, mais c'est l'accumulation qui lui fait péter les plombs et il n'arrive plus à revenir. Eugène tolère, tolère, tolère et puis il craque et sort le schlass. Enfin ça c'était avant le schlass, ici il peut plus trop le sortir mais ça continue à aller plus vite que lui et là il est en train de s'enflammer comme il faut – enfin comme il faut pas dans ces contrées. Un infirmier patapouf à la tête rasée – tellement nickel qu'elle réfléchit la lumière criarde des néons – est allé chercher une camisole. Il la montre à Eugène tout en réajustant ses lunettes sur son nez, la monture s'enfonce dans le crâne bourrelé, mais Eugène capte rien. Sékouba n'aime pas ces techniques de lâche pourtant il les pratique aussi, faut bien essayer de maintenir la paix. Accrochée à un cintre, suspendue dans la salle commune, la camisole exposée est une façon d'avertir Eugène, et tous les autres au passage, de ce qui les attend. Menace grondante, fantôme abandonné prêt à reprendre forme si ça dégénère. Eugène continue de gueuler, Yaya sort de sa rêverie, interloqué. L'infirmier désigne le tissu blanc du doigt, s'en rapproche et l'agite. Eugène se tait, il a pigé. Et puis non en fait, il a pas pigé ce con, il en remet une couche et beugle deux fois plus fort. Yaya porte les mains à sa bouche dans un mouvement précipité. Eugène est exfiltré fissa, une seconde et les pieds ne touchent plus le sol, les bras tordus dans le dos, les jambes bloquées, il est conduit à l'isolement.

IV

1

Mahdi se rappelle. Il aime être acteur de ses réminiscences, souverain neutre et impartial face au souvenir qu'il ne faut pas transformer. Il observe les images mentales qui sont les siennes, factuel, alerte, et il le sait, ce contrôle ne peut s'exercer que dans l'éveil. Quand il se penche sur les meurtres, c'est toujours lui qui le décide. Rien jamais ne lui vient la nuit, rien ne trouble son sommeil, Mahdi n'est pas du genre à se laisser assaillir par des flashs. Il médite en pleine conscience et aime à refaire mentalement, avec une précaution certaine et mesurée, le parcours et les gestes, les intentions et les peurs. Mahdi étudie. Il cherche sans relâche à revivre avec justesse et précision le moment de bascule ; le passage du possible à l'irrémédiable, ce que ça a produit en lui, comme chez sa victime, l'instant où tous deux ont réalisé qu'il n'en resterait qu'un. Mahdi est objectif. Il ne veut pas, comme ceux trop faibles pour supporter le poids de leurs propres actions, adoucir le passé. Mahdi n'a pas besoin de corriger sa mémoire. Jamais il ne pétrit l'intérieur de son cerveau, jamais il ne déforme. Le travestissement c'est de la survie pour abouliques. Et Mahdi le sait, il n'est pas lâche, alors il contemple.

2

Mahdi avait connu Jacques Bouteille dans un ascenseur de la rue Fessart. C'était ce qu'on appelle un hasard de la vie mais d'aucuns auraient dit que c'était le destin lui-même qui réclamait cette rencontre. Des gamins s'étaient mis à hurler dans la cage d'escalier, leurs voix stridentes résonnaient du rez-de-chaussée jusqu'au huitième étage, et Mahdi avait direct compris que ça n'allait pas le faire. Il venait de claquer la porte derrière lui, il quittait son dealer, avait envie de prendre l'air, de se détendre, et là le truc était devenu impraticable. Mahdi avait été saisi par la peur soudaine et brusque de croiser ces enfants qui beuglaient, le nez coulant, le regard bovin, et de voir leurs parents tout leur céder, dépassés. Mahdi n'aimait pas assister aux crispations familiales et sa peau s'était doucettement mise à perspirer. Mahdi s'était figé sur le palier, bloqué comme pris au piège, il laissait germer en lui l'idée de shooter leur face de braillards de son pied musclé histoire de leur faire dégringoler les marches vernies et dégager la voie. Mahdi avait commencé à paniquer, un relent d'agoraphobie, et même s'il ne pratiquait pas ça, l'ascenseur, il s'était mis à appuyer frénétiquement sur le bouton d'appel – bouton à la surface grasse et sale – tout en tirant sur la porte. Le truc descendait, il s'était ouvert, Mahdi s'était engouffré, petite cabine *forcément putain sa mère*, un homme bien trop souriant dedans, mais la lueur d'un œil triste, alors Mahdi avait pénétré l'habitacle. Il avait tenté de mettre son grand corps quelque part, et pas directement contre celui plus tassé du vieux à l'imperméable beige et défraîchi, mais la cabine était exiguë. Les deux hommes étaient lentement descendus, au rythme des secousses sismiques, dans la gêne et la tendresse. Mahdi n'avait même pas eu à charmer, Jacques Bouteille avait senti la fêlure, avait écouté la voix grave et claire qui s'excusait de prendre trop de place, et il avait flanché. Jacques Bouteille avait toujours été un cœur d'artichaut. Arrivés au rez-de-chaussée, assourdis par les cris des enfants comme autant de bourdonnements apocalyptiques, Jacques Bouteille n'avait pas voulu quitter les effluves de Mahdi, ni le confinement de l'ascenseur. Le jeune homme n'avait pas l'air, non plus, résolu à sortir. Jacques Bouteille s'était mis à bafouiller et à pester contre ses petits voisins, Mahdi se contentait de lui sourire. Jacques Bouteille ne s'était jamais montré intrépide et pourtant ce soir-là il avait pris les choses en main. Il avait appuyé sur le bouton du douzième étage et invité le doux inconnu pour un verre. Les meurtriers sont séduisants. Certains ont l'audace de ravager les cœurs sereinement avant de les arrêter.

Jacques Bouteille avait mis la clef dans la serrure sans trembler mais sans réussir – non plus – à ébranler la porte. Mahdi avait senti l'essoufflement qui confine à l'effondrement chez celui qui n'était pas encore son hôte. Il s'était glissé dans son dos, l'avait entouré de son bras gauche – l'ombre noire de Mahdi sur la manche sable de Jacques Bouteille – et avait, d'une ferme délicatesse, réinséré la clef branlante dans la serrure pour ouvrir la voie d'un geste sec. Jacques Bouteille n'était pas du genre à laisser la lumière allumée chez lui. La fin du jour s'épanchait sur la moquette moutonneuse. C'était l'hiver qui s'annonçait, déjà. Jacques Bouteille avait sorti deux verres à pied ouvragés et alors qu'il les posait sur la table du séjour, Mahdi avait remarqué les traces de doigts gluantes et moites, sur la surface ciselée, laissées par l'homme. Jacques Bouteille avait sorti une fillette de Kung Fu Girl. Mahdi s'était laissé convaincre et avait trempé les lèvres puis sa langue avide dans le riesling transvasé.

Mahdi avait écouté sans rien dire : le professorat, l'amour des lettres, le divorce, la dépression. Jacques Bouteille en avait *gros sur la patate* comme il l'avait laissé échapper dans un rire sourd. Après l'équivalent d'un jéroboam de vin sec et blanc, Mahdi avait sorti de la poche intérieure de son cuir, la poche la plus proche de son cœur, cinq petits sachets de plastique vert et bleu, de fragiles ballons que Jacques Bouteille imaginait s'envoler dans l'aube d'un ciel. Interdit et curieux, Jacques Bouteille avait regardé Mahdi ouvrir un premier paquet de sa canine droite, la précision de la déchirure, c'est ça qui l'avait renversé, foudroyé impuissant, perdu dans l'admiration de la fossette et de la lèvre retroussée de son jeune compagnon. Mahdi avait tracé des lignes, ni droites ni régulières les lignes, mais épaisses et fines à la fois, comme ces anacondas déformés par la digestion de leurs proies. Jacques Bouteille n'avait jamais pris de cocaïne. Mais ce soir, Jacques Bouteille était à un tournant, il le sentait. C'était peut-être le démon de midi qui l'appelait, quatre ans avant l'heure, c'était sans doute une vie de sexualité effacée qui s'exprimait, c'était, qui sait, l'ex-femme partie avec Pépito le caniche royal, qu'il envoyait chier, en ouvrant trois boutons de sa chemise et en plongeant le nez dans la blanche. Les mots coulaient des bouches et la salive se raréfiait. Les réserves de Jacques Bouteille en Kung Fu Girl s'étaient épuisées. Jacques Bouteille s'était décidé à satisfaire la dent sucrée de Mahdi en sortant les boîtes de chocolat que ses élèves lui avaient offertes pour les fêtes l'an passé, boîtes entreposées sous l'armoire normande du salon. Mahdi avait regardé Jacques Bouteille se contorsionner, glisser les bras sous le meuble et lever le cul en s'appuyant sur les genoux. Mahdi avait imaginé les muscles sous le pantalon en toile, et il s'était dit qu'après tout, il pourrait bien niquer le Jacques Bouteille.

Mahdi était parti explorer l'appartement de Jacques Bouteille alors que celui-ci s'était retiré dans la cuisine ; il avait ouvert chaque porte, emprunté chaque couloir, allumé chaque interrupteur. Il n'avait pas pissé sur le sol, il n'avait pas volé de savon dans la salle de bains, il n'avait pas fracassé les figurines de bergers allemands enfermées dans des vitrines. Jacques Bouteille mixait, extatique, les saveurs. Il était si content d'avoir rencontré un nouvel ami, si fier d'avoir osé suivre son instinct, si fort d'être accompagné dans la nuit par la folle jeunesse du bel invité. Le sirop de fraise, le jus passion, le trait de citron, la larme d'orange sanguine, la rivière de rhum, le bain de brandy. Jacques Bouteille avait tout donné. Il avait voulu allumer un feu d'artifice dans la bouche de Mahdi. Jacques Bouteille avait disjoncté. Il était revenu triomphant avec des cocktails débordants, bouillonnants, véritables volcans miniatures sur lesquels flottaient des parasols pailletés, brillants et neufs, neufs surtout. Le type de décoration qui attendait sagement, dans un plastique lissé chaque jour du dos de la main de Jacques Bouteille, l'occasion spéciale pour être enfin sorti, exhibé. Mahdi avait remarqué l'ouverture d'une brèche chez son hôte, il notait les variations de niveaux de langage avec un amusement non feint. Jacques Bouteille glissait du distingué au familier, tombait puis se reprenait. Il était cru ou maladroit, son vocabulaire désuet, trop emprunté, côtoyait soudain les expressions chipées à ses collégiens. Les lunettes rondes, cerclées, écaillées, avançaient sur le nez de Jacques Bouteille, et Mahdi observait chaque millimètre de la calme dégringolade. Il ne restait plus qu'un gramme de coke. Mahdi en avait beaucoup mangé et s'était marré à voir Jacques Bouteille le nez penché sur la poudre, essayant d'inhaler, d'inspirer fort d'une seule narine, mais, fatalement, éparpillant la drogue par une mauvaise gestion de sa respiration. Les novices peuvent être charmants, et Mahdi patient. Jacques Bouteille avait eu la défonce facile et enthousiaste. Ça avait été rafraîchissant. Mahdi avait continué à taper pour chasser le chagrin poisse. Jacques Bouteille l'ennuyait tout à coup, trop volubile le Jacques Bouteille. Rien à foutre de son mariage de baisé, de sa sexualité défectueuse, avortée, de sa routine de petit professeur de français médiocre. Mahdi n'avait jamais toléré les gens sans ambition.

Six heures quarante-cinq, le radioréveil de Jacques Bouteille s'était mis à casser la tête de Mahdi. Ça avait sonné violent, vibré comme un cœur tachycarde. Mahdi n'avait pas apprécié. Jacques Bouteille s'était excusé, avait coupé le truc maléfique qui semblait à chaque sonnerie proférer des insultes, et expliqué que c'était son rappel sept jours sur sept pour son traitement. Jacques Bouteille était un homme dépressif comme une personne sur deux en France et quoi de plus répugnant que cette faiblesse d'âme. Mahdi en avait eu marre. Mahdi avait voulu mourir. Il avait décidé de se prendre en main; d'éteindre la vie quelque part. Mahdi savait que son heure n'était pas encore venue, qu'il vivrait centenaire et mourrait de sa belle mort. Jacques Bouteille était devenu carrément chiant, ça parlait, ça se débraillait, ça se révélait obscène et moche.

Jacques Bouteille était revenu avec sa trousse à pharmacie dans la main, une pochette d'un vert clair passé, maculée de dentifrice. Il en avait sorti des plaquettes de Tercian, bonbons bleu hypnotique. Jacques Bouteille était à l'ouest. Il s'était interrogé à voix haute sur les interactions alcool-cocaïne-cyamémazine. Mahdi avait décidé de le gérer le Jacques Bouteille. Il fallait bien que la soirée prenne fin. Mahdi avait planté ses yeux dans ceux du vieux pour le faire taire puis s'était levé, félin, et placé dos à la baie vitrée, contre l'osier de la chaise sur laquelle était assis Jacques Bouteille. Mahdi – à qui la domination donnait des ailes – s'était réjoui de sentir

Jacques Bouteille contracté, vibrant. Souffle court, désir mortel. La posologie usuelle Mahdi en avait rien à foutre. Il avait pris Jacques Bouteille par-derrière, calé une main contre sa nuque branlante pour l'immobiliser, et de l'autre lui avait glissé dans la bouche – visqueuse et craquelée la putain de bouche – les comprimés électriques, un par un, en les enfonçant par-delà la glotte. Une chance que le *gag reflex* de Jacques Bouteille n'ait pas été surdéveloppé, ça aurait été chiant d'avoir les mains pleines de vomi, déjà la salive, limite. Bon, Mahdi s'était un peu lâché, mais, au moins, Jacques Bouteille avait fermé sa gueule comme ses yeux d'ailleurs. Mahdi avait soulevé Jacques Bouteille par un pan de chemise et une jambe de pantalon, sans toucher plus avant son corps, les doigts serrés avaient fait craquer le tissu – toujours sympa la sensation des coutures qui pètent à la force du poignet. Il avait lâché Jacques Bouteille sur la moquette, après une traction du corps lourd pour la frime et parce qu'il fallait bien sentir ses muscles bander, *bim* le corps qui tombe d'un mètre cinquante de haut, pas mal le bruit, *ploc*, marrant à faire le truc, dommage que ça ne rebondisse pas.

Mahdi avait contemplé Jacques Bouteille, de loin. Et puis, logiquement, il s'était accroupi au-dessus de son torse, sans poser son cul contre lui – faut pas pousser – mais en étant solide sur ses pieds à plat. La poitrine de Jacques Bouteille se soulevait encore, avec une régularité paisible, et ce, pour le plus grand plaisir de Mahdi. Il avait fait ce que l'on doit faire dans ces situations-là. Lever la tête, enrouler les mains autour du cou. Juste, poser. Aller au contact. Serrer selon un rythme régulier. Compter jusqu'à trente-quatre, mettre du cœur à l'ouvrage. Soixante-huit, resserrer l'étau. Quatre-vingt-six, ne pas se laisser submerger par l'enthousiasme, travailler l'action serein, tout en restant concentré. Cent deux, ne pas perdre le nord. Cent quatre-vingts, compresser les jugulaires sans fracturer l'os hyoïde. Cent quatre-vingt-six, aller à l'œdème cérébral. Cent quatre-vingt-douze, toucher les étoiles, comprimer les artères carotides. Deux cents, regarder Jacques Bouteille rouvrir les yeux. Ne pas être déstabilisé par la drôle de pulsion de vie de la victime. Ne pas tenir compte des larmes dures qui pétillent, des pupilles qui fondent, de l'homme privé d'oxygène et soulagé de son anéantissement, heureux d'être fini. Mahdi l'avait vu, Jacques Bouteille n'aurait pas rêvé mieux que de partir ce jour entre les mains de l'ange qu'il était.

Les doux doigts de Mahdi avaient été une caresse sur le cou de Jacques Bouteille. À chaque pression exercée, c'était le long foulard de soie d'Isadora Duncan qui s'enroulait, inéluctable, pour le mener à la mort.

3

La première fois, il faut la revivre. C'est là, dans l'action, dans le fantasme éprouvé, que se dessinent les vérités. Là, qu'on ressent et qu'on découvre ses fétiches. Mahdi apprend beaucoup de sa cellule, y a pas à dire, l'introspection c'est le pied. Mahdi se rend compte qu'il a su dès ce premier passage à l'acte que les exécutions rapides ne seraient pas pour lui, qu'il fallait qu'il voie ses victimes prendre conscience avant que de la perdre. Mahdi n'a jamais été homme à avoir des coups de sang. Pas ce type-là de meurtrier. Ça tient à sa ligne de conduite, à une rigueur qu'il s'est toujours imposée : ce serait ballot de faire une expérience que tant s'interdisent sans ouvrir grand les yeux pour regarder le spectacle sous ses mains.

À Fleury, Mahdi ne fléchit pas. Il sort de ses méditations sémillant et fier. Mahdi n'a pas besoin d'être traité. Mahdi ne voit pas le psychologue de la prison. Déjà qu'il ne s'explique pas le principe de la profession, il ne comprend pas ce qu'un homme fait à ce poste. L'empathie n'est pas l'apanage du masculin. Il faut une femme, il faut l'intelligence émotionnelle de la femme pour traiter du cœur et vider les cerveaux lymphatiques des prisonniers. Mahdi observe ses méandres, se réchauffe et s'apaise. Il ferme les yeux, le visage couleur pierre d'avalanche, rictus de loup accroché à la face. Il retient un fou rire comme un enfant impoli à un conseil de discipline. Et se rend à la promenade, content de se dégourdir les pattes.

V

1

Quand Mauve avait décrété la fin de son service, *allez hop ça suffit,* la semaine dernière, la pluie ne décolérait pas. Après s'être garée d'un créneau énervé – deux coups de volant y en a assez – elle avait attrapé une brioche suisse aux pépites de chocolat, bizarrement appelée drops, à la boulang', l'avait engloutie avant même de dépasser le hall de l'immeuble et avait regretté de ne pas en avoir pris une deuxième tout en ayant bien trop la flemme de rebrousser chemin pour en racheter une. Certes c'était à huit mètres, allez douze grand max, mais la pluie quoi... Cette putain de pluie d'automne qui a le culot de mouiller. Elle avait chopé Panino, s'était agrippée à l'échelle, était montée se coucher sans même se mettre en pyjama et – sacrilège dénotant le niveau de fatigue épouvantable – sans enlever ses Nike noires. Une des règles du 59 rue Custine était bien sûr de retirer ses chaussures à l'entrée, Adélaïde n'avait pas élevé sa fille comme une brebis, c'était de l'hygiène élémentaire que de se déchausser.

Mauve avait dormi tout le jour et s'était réveillée à moitié à seize heures seize au son d'une chanson d'Arcade Fire intitulée *Here Comes the Night Time II*, ce qui était totalement approprié au vu de son rythme nocturne et exempt d'ironie. Elle avait été saisie par la douloureuse impression que son corps s'était verticalisé pendant son sommeil, pieds en l'air crâne en bas, et que toutes les merdes que ses baskets avaient écrasées en vingt-six années de marche sur trottoir avaient glissé directement dans sa tête comme si son corps était un toboggan bien lubrifié. Mauve avait mis d'autres réveils à sonner et refermé son œil gauche – le seul qu'elle avait réussi à ouvrir. Mais seize heures vingt et une, seize heures vingt-neuf, seize heures trente-deux, seize heures quarante-deux, dix-sept heures une n'avaient pas connu plus de succès que seize heures seize. Mauve avait toujours été contre les réveils à heure pile, elle ne validait pas les trucs ronds, ça n'avait pas de sens pour elle et, en ce soir de pluie diluvienne, l'idée du réveil tout court était dénuée de logique.

Mauve avait séché le boulot cette nuit-là, pratique d'être sa propre patronne, et les nuits d'après aussi. Elle avait commencé par enlever ses chaussures, enfiler ses vêtements d'intérieur en pilou, prendre deux Doliprane et demandé à sa mère si elle pouvait aller faire provision de drops à la boulangerie histoire d'avoir sa dose. Elle avait regardé des vidéos de gymnastique féminine sur YouTube et s'était engouffrée dans un vortex de paillettes, de discipline et de souplesse démente. Elle avait mangé des courgettes au vinaigre balsamique, des escalopes de soja au vinaigre balsamique, du boulgour au vinaigre balsamique – elle avait foutu du vinaigre balsamique absolument partout. Elle avait bu du thé Ceylan avec du lait d'amande à loisir ce qu'elle s'interdisait au boulot parce que sa vessie était trop exiguë pour ce genre de folie inconsciente. Elle avait admiré Panino se branler sur des couvertures et des coussins, dos arrondi comme le plus mignonno des Quasimodo, en poussant d'adorables petits cris. Elle avait fait trois gâteaux moelleux extramoelleux en suivant la recette la plus étoilée sur Marmiton et c'est vrai que c'était de la balle. Elle était allée au badminton où elle s'était entraînée avec Pierrick, pur produit de club mi-gargouille mi-homme, pongiste expérimenté qui désirait s'essayer à un nouveau sport de raquette. Elle avait défoncé Pierrick, très sympa. Elle avait lu *Chavirer* de Lola Lafon. Elle s'était râpé les pieds avec une pierre ponce. Elle avait rattrapé les derniers replays de *L'amour est dans le pré* avec Adélaïde et ça avait été un beau moment de complicité mère-fille. Bref, elle avait pris des vacances.

2

Et puis était venu le temps de reprendre le boulot : habiter la nuit, dessiner des vagues avec les doigts pour faire circuler les passants comme les voitures, d'un mouvement aérien de la main, orchestrer ce monde qui cherchait à la faire vaciller.

Place de Clichy, elle roule dans la nuit. Pas un chat dehors, la pluie noie le décor. La lenteur du soir est mauvaise compagne. Mauve a du mal à se remettre dans le rythme. Alors elle pense, elle se dit qu'elle a toujours eu l'impression d'être au bord d'un gouffre et que dernièrement un cap a été franchi : plus question d'être au bord, l'y voilà pour de bon, bienvenue en direct du fond. Mauve avait déjà dégringolé de quelques étages les années passées. Elle s'était rattrapée au vol, avait tout cadenassé, elle n'avait plus voulu laisser la possibilité au changement de venir mettre son cœur sens dessus dessous. Mais, Yaya enfermé, Mahdi qui a tué, c'est dur à encaisser. Faut croire qu'il y a encore des gens qu'elle aime, et que, malgré la distance établie, leurs malheurs la bousillent. Mauve attache ses cheveux roux sombre d'un geste énergique. *Quelle branlée putain. Quel gâchis.*

Quel raté monumental. Elle s'effraie des années intranquilles qui n'ont eu de cesse de se succéder, elle aimerait revenir en arrière, stopper leur course effrénée. Plus jeune, elle voulait que rien ne bouge, tout figer même quand elle était insatisfaite, arrêter l'incessant défilé qui la terrorisait. Mauve n'a jamais eu foi en l'avenir ; elle devait pressentir le bordel que ça allait devenir. Les meilleurs temps, ceux de l'enfance, avaient déjà ce vieux goût de regret et la mélancolie se conjuguait au présent. Apeurée des malheurs qui ne lui étaient pas encore arrivés mais allaient fatalement lui tomber sur le coin de la figure, elle redoutait les disparitions en chérissant son joli petit monde imparfait qui tenait selon un joli petit équilibre tout aussi imparfait. Elle craignait le tremblement de terre qui engloutirait tout, la maladie fracassante qui interromprait l'ordre des choses et emporterait sa mère, le conflit insoluble qui la priverait de Yaya, elle craignait la mort qui rôdait prête à s'emparer des quelques âmes qu'elle chérissait, l'irrémédiable, la catastrophe sur laquelle il n'y aurait plus à influer, le ressac, ce retour brutal des vagues sur elles-mêmes qui viendrait la noyer. Il y avait eu un tournant lors de l'anniversaire de ses dix-sept ans sans que pourtant rien n'ait bougé en surface. Dix-sept ans déjà, la majorité allait approcher, et après, quoi, vingt ans, vingt-cinq, trente, quarante. Ça s'était emballé dans sa tête et pour la première fois elle ne s'était pas sentie traversée par cette onde de joie propre aux célébrations. Son cœur d'enfant la quittait déjà. Oubliés l'enthousiasme un peu fébrile, l'excitation doucement vertigineuse, l'apparition de l'extraordinaire qui bouleverse le quotidien.

Mauve était née peu avant Noël et décembre n'avait été jusque-là que magie, impatience, féerie, un mois d'attente enthousiaste, à compter les jours en ouvrant chaque matin la délicate case du calendrier de l'Avent, à habiller le sapin de guirlandes scintillantes, de boules pailletées et d'élégantes figurines en bois, à s'émerveiller du noir de la nuit enchanté par les installations lumineuses dans les rues de Paris, à pourchasser les reflets captivants sur les trottoirs goudronnés, à sauter à pieds joints sur les réfractions colorées et mouvantes, à admirer les vitrines décorées, à écouter Ella Fitzgerald et Louis Armstrong, à manger des oranges et adorer les éplucher pour cette délicieuse odeur d'agrume sucrée qu'elles laissaient sur les doigts, à lire des contes d'hiver, à regarder les feuilletons aux histoires rocambolesques pleins de bons sentiments, de lutins facétieux, de jouets par milliers et de rennes volants au nez clignotant, à s'emmitoufler, à préparer la bûche avec sa mère, ganache chocolatée, gâteau roulé fourré avec cette inimitable crème au beurre salé, mais aussi des sablés glacés en forme de bonhomme et du thé, bâton de cannelle, orange, clou de girofle, gousse de vanille, anis étoilé, cardamome, gingembre, à rigoler à la patinoire, à espérer la neige le nez collé à la fenêtre et sortir dans la cour pour avaler les micro-flocons une fois que celle-ci se décidait à tomber, tourbillonner. Décembre avait toujours été une période particulière mais cette année-là, Mauve s'était sentie en décalage, tristement ailleurs, légèrement éteinte. La préparation des festivités lui avait paru forcée. Elle voyait bien que le spleen s'était emparé de sa mère, elle la sentait glisser et ses yeux, souvent, s'embuaient. Le soir de ses dix-sept ans, alors qu'elle relevait ses cheveux devant le grand miroir posé à même le sol dans l'entrée, Adélaïde s'était postée derrière elle, figée, et Mauve avait vu passer dans le regard de sa mère l'incrédulité d'avoir déjà une si grande fille ainsi que la surprise, la stupéfaction d'être une femme de près de soixante ans maintenant. Ce soir-là, dans son lit, tout empaquetée dans ses couettes, les bords rabattus sous ses pieds de façon à se sentir comme dans un sarcophage, c'est le mot qu'elle avait choisi petite, elle se disait : *Je me mets dans mon sarcophage* et en tirait un réconfort important, Mauve avait pris une grande résolution. Elle avait compris qu'elle se tenait trop près du gouffre, dangereusement près, elle avait même pu en contempler les entrailles. Plus que jamais, elle marchait sur une crête et un seul pas de côté pouvait la précipiter au fond de l'abîme. Alors, Mauve avait décidé qu'il était temps de cristalliser ses souvenirs. Sa lutte contre l'oubli allait prendre la forme de l'écrit.

3

Presque dix ans plus tard, elle a rempli de nombreux carnets de son écriture souple et penchée. Mauve a écrit l'enfance sucrée-acidulée aux côtés de sa mère, les rêveries et les rituels, les vacances mouillées dans le Morbihan auprès de son grand-père Moshé, la déflagration de la rencontre avec Yaya. Elle s'est replongée dans leurs souvenirs d'école, leurs après-midi, leurs soirées, leurs nuits à inventer des histoires, à créer des bandes dessinées de bric et de broc, à tisser des bracelets brésiliens – arcs-en-ciel de fils –, à boire des quantités extravagantes d'Orangina rouge, à construire des mondes pour leurs Playmobil et leurs Petits Poneys, à jouer à Bugdom sur le Mac d'Agapé et aux Sims sur le PC d'Adélaïde, à faire des batailles d'eau dans la cour du 59 rue Custine, des bombes à la piscine Georges-Drigny quand les maîtres-nageurs avaient le dos tourné, des courses-poursuites sous-marines et des concours d'apnée, à inventer des recettes, millefeuilles de biscuits à thé fourrés à la compote de pomme, bananes recouvertes de Nutella, gâteaux aux Carambar caramel, à aller au cinéma dès qu'un nouveau Pixar sortait, à user les piles de la GameBoy jusqu'à la moelle, à se teindre les cheveux avec des Color Pulse, à se déguiser en pirates, en princesses, en sœurs Halliwell pour jouer à *Charmed*, à arpenter les rues en rollers, à faire du saut d'obstacle, à organiser des pyjama-parties avec orgies de bonbons pour Halloween, à déguster des raclettes fondantes et savoureuses jusqu'à plus faim tous les samedis soir chez Mauve, à s'inviter à dormir systématiquement quand il n'y avait pas école le lendemain, à s'échanger les livres de Yak Rivais, à nourrir une passion absolue pour les *Harry Potter*, à discuter de tout et à se comprendre sans parler.

Mauve a écrit les nouveautés de la préadolescence, l'entrée au collège Yvonne-Le-Tac, le corps qui ne change pas assez vite, la découverte de l'anglais avec la géniale Madame Dulewicz, les boums, Sean Paul, les tentatives vestimentaires plus intrépides que malheureuses, les virées avec Yaya jusqu'à Saint-Lazare en métro pour faire du lèche-vitrine, l'apparition de la tecktonik et des befores, la passion pour les groupes de rock et les slims, les filles qui se déclarent les unes après les autres amoureuses de Yaya, veulent sortir avec lui et jalousent Mauve de sa proximité, l'apprentissage du commentaire composé sur un poème de Baudelaire, l'amusement dingue mais sérieux à chanter Jamelia, K. Maro, The Darkness sur SingStar, les rédactions qui époustouflent la prof, le voyage scolaire à Madrid hébergée dans une famille qui réussit à merveille la *tortilla* et le début des sérieux ennuis de Mahdi. Mauve a écrit l'adolescence, les lectures qui transforment, Maya Angelou, Simone de Beauvoir, Marguerite Duras, Virginie Despentes, le corps qui change trop vite, les seins soudainement lourds et volumineux, le ventre replet, les cuisses qui frottent, l'arrivée au lycée Jacques-Decour, les premières fois qui s'enchaînent, cigarettes, pilon, vodka, mousseux, sorties, boîtes de nuit, les *bubble teas* au taro chez Zen Zoo, le goût pour les balades en roller qui jamais n'est passé, la folie des sushis et des *bánh mì*, l'amitié indéfectible, essentielle, vitale avec Yaya et le second coup de foudre de son existence.

4

C'était il y a douze ans, cette déflagration terrassante. Les corps s'entassaient, s'empilaient, formant une vague ondoyant dans la lumière tamisée. Yaya se démarquait à gigoter comme un grelot surexcité. Il tourbillonnait, légèrement idiot mais libre, un bonheur béat accroché au visage. Mauve ne savait pas trop quoi faire d'elle, pour changer. Aller danser et se mêler à la foule lui demandait toujours un effort titanesque. Première fête de l'année de seconde, elle n'avait aucune idée de qui l'organisait, elle avait suivi Yaya et ils étaient restés collés jusqu'à ce que son *binge drinking* les sépare, le poussant à oublier Mauve pour se laisser aller à d'autres divertissements. Elle le regardait plus attendrie qu'embêtée, jouant avec ses doigts, hésitant à faire un pas en avant. Et puis, une fille qu'elle n'avait pas remarquée jusqu'alors s'était glissée jusqu'à l'enceinte pour débrancher l'iPod qui tournait, sans rien demander à personne, connecter le sien et lancer *Overprotected* de Britney Spears. *Excellent*, avait murmuré Mauve. La fille s'était retournée, pleine d'aplomb, le sourcil indocile et la mine mutine : une présence à faire vibrer les astres. La fronde dans ses yeux avait dissuadé quiconque de ne serait-ce que commencer à ouvrir la bouche pour commenter son choix musical, comme s'il était écrit *niquez vos morts* sur son front. *Say hello to the girl that I am.* Boum shoot d'euphorie pour Mauve. *You're gonna have to see through my perspective.* Oh là là. Mauve s'était avancée vers elle tout en se reprochant sa mise brouillonne, elle n'avait aucun goût pour les vêtements, l'apparat, elle n'était pas du genre à se préparer pour une fête ou pour quoi que ce soit d'ailleurs, elle aimait le confort, le naturel, basta. Mais devant cette fille-là, *waouh*, elle aurait voulu être insensée, redoutable, raffinée, outrancière, resplendissante. Raté. Mauve s'était présentée tout à trac et avait entendu pour la toute première fois celle qu'elle n'oublierait jamais plus. Une voix à l'intonation dense, peut-être éraillée, sans doute avinée. Le cœur de Mauve avait carrément raté la marche quand la fille avait donné son prénom bizarre : *Didi*. Les lèvres glossées framboise s'étaient arrondies pour laisser s'échapper ces deux syllabes subjuguantes. *Mais quel cadeau du ciel que cette personne*, avait pensé Mauve. La peau chantilly, les prunelles chocolat chaud, ardentes, les joues nacrées, le nez aquilin marqué par une bosse, la tresse platine lustrée, les dents alignées, extrêmement désirables les dents, qu'y a-t-il de plus sexy que des dents perlées de diamants, le vernis néon sur les ongles, le port de tête élégant, le cou tendu, l'attache gracile des bras, les lignes déliées du corps, tout suscitait en Mauve une fascination essentielle. Et alors, déjà, le hourvari de l'amour avait battu son plein.

Didi l'avait traversée comme un alcool fort, court-circuitant tout son organisme, faisant vibrer ses veines, lui laissant la bouche anesthésiée, la gorge en feu et l'estomac retourné par l'adrénaline.

Et puis, ça avait été le ravissement de Lol V. Stein. Didi, au dernier moment, au dernier moment et contre toute attente, après des heures d'incroyables discussions, malgré la complicité innée et renversante, était partie avec une autre. Une nana qui traînait là, du genre que l'on ne remarque pas tant elle n'a rien d'une grâce abandonnée, ployante, d'oiseau mort. Pas de robe noire à double fourreau de tulle, pas de décolleté. Aucune ossature admirable. Une vulgaire meuf sans prestance, la face bouffie, banale, les cheveux trop rêches – un coup à se blesser la main en y passant les doigts. Ça avait surpris Mauve, ça l'avait véritablement hébétée quand la fille avait lancé à Didi : *On va ailleurs?* alors qu'elle-même venait d'énoncer cette phrase, dans sa tête, tentant de réunir son courage pour la sortir de là. L'espace s'était rétréci, la pièce compactée, les murs rapprochés comme dans ces dessins animés infernaux qu'elle regardait petite, manquait plus que l'eau qui monte. Mauve aurait aimé être frappée d'immobilité mais ça n'avait pas été le cas, elle avait attrapé la main de Didi qui lui disait au revoir et avait refusé de la lâcher pendant cinq secondes de trop. Une fois Didi éclipsée, elle s'était ruée sur Yaya, rejouant la scène, répétant : *Je ne comprends pas, je ne comprends pas,* secouant Yaya pour obtenir des explications, insistant comme s'il avait le pouvoir de revenir dans le temps et de changer le cours de la soirée. Les larmes montaient, elle répétait les paroles, encore et encore, jusqu'à ce qu'elles forment une bouillie exsangue. Yaya l'avait prise dans ses bras : *On rentre, ça va aller*, cherchant à couvrir les mots de Mauve des siens pour abréger cette douloureuse écholalie.

La lumière du jour avait frappé Mauve comme une explosion. Les rideaux avaient été tirés bien trop vigoureusement par Yaya, parti faire du café, alors que Mauve ne désirait qu'une chose : éteindre ses yeux après ce sommeil moite et sans rêve. *Krrrr krrrr krrrr krr.* Elle avait tâtonné à la recherche de son portable qu'elle avait senti vibrer quelque part entre son matelas et le plancher, les paupières résolument closes. Téléphone chopé, Mauve avait décollé quelques cils histoire d'entrapercevoir ce qu'elle supposait être des messages de sa mère. Sur l'écran s'affichait un numéro inconnu. Quatre messages signés Didi et l'incendie sous sa peau, déclenché la veille, s'était violemment rallumé.

5

Cinq heures trente. Coup de tristesse atomique. Longtemps que Mauve n'avait pas songé à Didi. Feu rouge, elle se fige : sourcils, langue, épaules. Un, relâcher les sourcils, deux, décoller la langue du palais, trois, abaisser les épaules. Elle souffle. Elle recommence. Didi était entrée dans sa vie comme un flot de soleil, implacable. Elle était cette lumière vivifiante qui s'engouffre et qui réchauffe les os. Au lycée, alors qu'ils l'avaient ratée la première semaine, les yeux de Mauve n'avaient par la suite plus vu que Didi. En son absence, tout en elle guettait l'éventualité du surgissement ; à l'affût lors de chaque changement de salle, chaque détour dans un couloir, chaque montée d'escalier, chaque voyage aux toilettes. Dès que l'ombre de Didi se formait sur sa rétine, son regard se trouvait irrépressiblement scotché au sien. Mauve aimait à croire que, lors de leur rencontre, son cœur et celui de Didi s'étaient télescopés et que de cette collision en forme de big-bang était née une nouvelle réalité qui avait crû en leur sein, un surplus d'âme partagé. Aujourd'hui, Mauve n'a rien oublié des épiphanies sans cesse renouvelées : le tracé des nuages comme celui des pavés, la brillance des cheveux décolorés, le drapé des rideaux au cinéma, les *knafeh* et la cigarette d'avant cours échangés sur un coin de trottoir, la permanence des feux d'artifice et des discussions, la chambre de Didi, le jaune fiévreux des murs, la volupté des rires, les coups au cœur, le grand emportement, les crépitements, le plaisir intense et inouï, la décharge d'adrénaline qui propulse au sommet des montagnes russes et les fait dévaler dans une jouissance extatique. Mauve adorait absolument tout chez Didi. La fois où elle l'avait vue jambes nues, elle avait pensé qu'elle était folle de ses mollets. Des mollets qui n'avaient rien de spécial, juste des putains de mollets, mais des mollets qui la rendaient dingo, des mollets pour lesquels elle aurait pu donner sa mère, son chat, son grand-père, des mollets qui lui appartenaient. Mauve lui piquait ses T-shirts et ses pulls pour que son odeur animale l'accompagne, vienne, par vagues, se rappeler à elle, le long des journées et des nuits. Mauve ne voulait rien d'autre de la vie que se vautrer dans l'amour qu'elle éprouvait pour Didi, se repaître de sa chaleur, se gorger de ses sourires, les chérir, se baigner dans ses rayons, disparaître dans son brasier. Occupée à fusionner, Mauve s'était éloignée de Yaya au début mais une fois l'équilibre à trois mis en place, elle ne s'était jamais sentie aussi riche : mains pleines de trésors, poches débordant de merveilles. Elle regrette maintenant d'avoir été secrète, taiseuse, d'avoir écarté Yaya de l'intimité de sa passion, elle n'ose se demander si cela aurait changé quelque chose, et puis elle met un coup de boule sur son volant tellement ça l'énerve, elle ne veut rien avoir à se reprocher. Mauve se remémore Didi jusque dans ses moindres accents. Il n'y a ni honte ni rejet, l'éblouissement s'explique et encore la harponne.

Le temps, d'ailleurs, n'en a pas effacé l'ardeur, et les anfractuosités causées par la déflagration, jamais, ne se sont calcifiées, la blessure reste à vif et jusque-là Mauve évitait soigneusement de venir la titiller.

VI

1

Comment se laver l'intérieur de la tête, dépouiller sa mémoire, clore l'histoire, couper court, Yaya n'a rien d'autre à faire ici qu'être confronté à la pensée qui tue et rêve d'un décrassage à grandes eaux. Tout, il faudrait tout disloquer. Trop de résidus s'accrochent : des noms se plantent dans sa poitrine comme de vieux clous rouillés, des mots le rappellent à un passé contre lequel il ne fait pas le poids, l'oubli semble une bataille perdue d'avance. Vouloir garder l'équilibre le rapproche dangereusement du sol, plongée vers le fracas, la tête vrille attaquée par des réminiscences aromatisées sortilège malfaisant. Yaya aimerait tout cramer à l'essence gélifiée, ses souvenirs, sa famille, son cœur.

Au moins ici, on lui fout la paix. Les autres retenus sont à des années-lumière de se préoccuper de lui. Chacun dans son monde chelou. Chacun dans sa merde. Le roulis de la rumeur ne vient plus l'assaillir. La bêtise crasse – toujours crasse – des gens l'a exténué ces derniers mois. Il songe d'ailleurs que son épuisement vient de là. De cette société qui est à jeter à la poubelle. Pas de recyclage. Rien. Que dalle. Ce matin, alors qu'il pleut à verse au-dehors, Yaya a l'impression d'avoir la peau brûlée et gercée, qu'elle se desquame. Envie de la laisser de côté. Comme un serpent. Il rêve d'un bain de vapeur chaude, d'une transpiration bénéfique, d'une renaissance. Il perd ses cheveux, fourchus et emmêlés, depuis qu'il est ici, il perd aussi, clairement, le combat contre eux pour les adoucir. Il aimerait les plonger dans une rivière de diamant liquide. L'infirmier sympa, Sékouba, ouvre la porte, c'est l'heure de la douche et il accepte de lui filer de la crème hydratante. Il n'a rien pour les cheveux par contre. *Vous êtes pas nombreux à avoir les cheveux longs ici. Ah si tiens, attends.* Il referme la porte sur Yaya et, quand il revient, lui tend une compote en lui expliquant que ça démêlera ses boucles s'il laisse poser deux minutes. Les yeux de Yaya se plissent, le picotement des larmes le démange, le geste le touche et si, en cette journée de déluge, il n'était pas complètement desséché par les médicaments, s'il avait encore un peu d'eau dans le corps, il en aurait pleuré.

De son brouillard, Yaya voit bien qu'on ne leur donne pas vraiment la chance de se construire. On ne leur donne pas vraiment la chance de se soigner non plus. Passer à autre chose encore moins. Y a pas d'avenir, juste la répétition des jours dans ce foutu endroit. Sur pause, bloqués, pas bouger. On restreint leur liberté au minimum, comme ça ils se tiennent tranquilles quand on leur en accorde un ersatz car ils savent qu'il y a pire, qu'ils peuvent se retrouver contenus, sanglés sur un lit, enchaînés à une poche à urine. Alors ils se savent heureux derrière leurs barreaux quand ils peuvent juste secouer les pieds et aller pisser eux-mêmes. Y a pas grand-chose ici-bas pour ceux qu'on n'estime pas.

Yaya a l'impression que son corps se fatigue à force de ne pas l'utiliser. Ses muscles ont dû fondre. Ses articulations se fragiliser.

Ses chaussettes sont vite mouillées de sueur et il doit rester dans ce froid humide parce que c'est un inconfort qu'on prend à la légère. Ici que lui reste-t-il à penser à part ses pieds glacés ? Alors Yaya fait des fixettes : l'épaule droite, son positionnement dans l'espace, aligner les pieds, corriger ce constant décalage, reculer la hanche droite, avancer la gauche, baisser les trapèzes, étirer le cou. Il essaie de faire craquer un point entre la colonne et l'omoplate, n'y arrive jamais et la neurasthénie grandit.

2

L'hiver de ses dix-huit ans, vers vingt-deux heures, Yaya avait laissé une fois de plus les escalators de la bibliothèque l'escorter jusqu'à la sortie. Les lourds livres comme les lutins remplis à ras bord de fiches parfaitement mises en page, petits condensés merveilleux de savoirs, ordonnés selon un code couleur foutraque, plus couleur que code, lui cisaillaient l'épaule. Pour survivre en prépa, Yaya n'avait pas le choix, il fallait aller à Beaubourg tout de suite après les cours. Il fumait juste une clope avec Éléonore sur le trottoir avant de foncer à la BPI. Toujours se dépêcher au cas où il y aurait de l'attente. Faire la queue était problématique, ça lui faisait perdre un temps fou sur les révisions. Yaya menait une course contre la montre : quoi qu'il fasse, il était en retard sur les cours, à la traîne sur les livres à compulser, les dates à retenir, les anecdotes à connaître (que ce soit la façon dont les paysans bretons s'occupaient de leurs bébés – mal assurément – ou l'interdiction faite aux jeunes bourgeoises de prendre des bains pour éviter que la vue de leur propre corps ne les pervertisse, le dix-neuvième siècle ne devait avoir aucun secret pour lui car placer un peu d'histoire des mentalités dans une disserte était une question de vie ou de mort quand on visait le haut du panier). Vers d'Apollinaire, alexandrins de Racine, citations de Barthes, poésies chiantes de Villon, travaux de Beauvoir, Saussure, Platon, Valéry, Nietzsche, Hobbes, Tocqueville, Corbin, Furet, Ricœur, Sartre, Derrida, Foucault, Kristeva, Jakobson, Arendt : tout était savoir primordial. Yaya s'échinait à faire de son cerveau une bibliothèque démentielle et somptueuse – Alexandrie avant incendie et BNF après restructuration. L'hypokhâgne ou le mythe de Sisyphe, en plein Tartare, il gravissait sa montagne en poussant son rocher, muscles bandés à l'extrême, il forçait sur les bras, les cuisses, les mollets, il avait mal partout mais il s'acharnait, pas le choix, il poursuivait son escalade pour ne pas être foutu, pour éviter que la caillasse ne lui retombe dessus, l'écrase, le tue. Fin de partie. Arrivé au sommet, il croyait un instant que c'était gagné et qu'il allait disposer d'une once de répit mais bien sûr ce n'était qu'un leurre, la pierre dévalait la pente et l'ascension était à réitérer. Infernal exercice. Yaya n'était pas mécontent de partager cette vie-là avec Éléonore, drôle de fille aux cheveux bleu-glacier-myrtille-piscine et grands yeux sombres-délurés-sépia-hallucinés rencontrée en début d'année. Elle le faisait marrer avec sa passion obstinée pour Marie-Antoinette, Klaus Nomi et Lady Gaga. Elle était d'une rare intelligence, d'une profondeur qui époustoufle, intimide, stupéfie. À eux deux, ils formaient un binôme sympathique, clair-obscur, du genre qui tient à distance. Leurs cerveaux s'emballaient au même rythme. Ils apprenaient, s'entraînaient, s'entraidaient. La prépa c'est une glu pour écorchés. Le gros hic, ce que Yaya n'arrivait pas à digérer, c'est qu'il n'arrêtait pas de se dire à quel point elle aurait plu à Mauve, à quel point elles se seraient entendues, et comme il aurait été chouette de mélanger ces mondes-là. Mais Mauve était une galaxie qui n'existait plus.

Ce soir-là, alors qu'Éléonore lui faisait un au revoir de la main – ils s'étaient très vite accordés sur leur refus de pratiquer la bise, convenance bizarre franchement lourdingue que cette pénétrée dans l'intime – elle avait eu une intonation typique de Mauve. Yaya n'avait pu réprimer un sursaut : son cœur s'était affaissé dans sa poitrine sous la morsure de la similarité qui ne rappelait que plus puissamment l'absence. Il s'était retourné, brusque, comme un automate mal réglé, bredouillant d'inaudibles paroles et s'était élancé sur les pavés du parvis : grands pas, grandes enjambées. Éléonore, dans son dos, lui avait lancé : *À demain rentre bien*, et c'était l'image de Mauve qui grandissait. Vite, marcher, vite, changer la fréquence sur laquelle venait de se brancher son cœur. Le manque de Mauve lui faisait littéralement mal. Il crachait une buée épaisse dans le froid et se concentrait sur ses expirations blanches en fixant ses pieds. Ça ne rimait à rien cette fin d'amitié. Yaya grommelait. La peine s'intensifiait. Il s'était alors mis à se réciter *Zone*. De l'exercice mental pour déplacer la souffrance et renvoyer la culpabilité dans les cordes. *À la fin tu es las de ce monde ancien.* Il essayait de se convaincre que le passé n'était pas si regrettable. *Bergère ô tour Eiffel le troupeau des ponts bêle ce matin.* Il fallait faire place à la nouveauté. *Tu en as assez de vivre dans l'antiquité grecque et romaine.* De toute façon, c'était irréparable, c'était trop tard, *t'as tout gâché* – ce qu'il se disait. *Maintenant tu marches dans Paris tout seul parmi la foule.* Les guirlandes de la terrasse d'un café clignotaient. *Des troupeaux d'autobus mugissants près de toi roulent.* D'immenses bières étaient posées sur les tables. *L'angoisse de l'amour te serre le gosier.* Les gens riaient et un clochard palabrait. *Comme si tu ne devais jamais plus être aimé.* Yaya s'était arrêté, avait relevé la tête rue Rambuteau et décidé d'entrer chez le libanais. *Maintenant tu es au bord de la Méditerranée.* La lumière jaune des néons l'incommodait. *Sous les citronniers qui sont en fleur toute l'année.* Il avait commandé une mini-pizza, une seule puisqu'il n'avait qu'une pièce de deux euros. *Tu es la nuit dans un grand restaurant.* Il déroulait le vers libre d'Apollinaire en reprenant sa foulée, les mains serrées sur le papier gras à s'en jaunir les articulations. *Adieu Adieu.* Alors c'était ça, c'était un adieu, Mauve. Il mordait dans sa pizza, installé sur un strapontin de la ligne 4 qui le trimballait de Châtelet à Barbès. *Soleil cou coupé.* Yaya avait fermé les paupières, tenté d'extirper le maximum de saveurs de cette triste pizza, savouré la pâte molle sur la langue, le fromage pas assez réchauffé contre le palais, et les herbes là, *tiens, c'est quoi ça, du thym ? non du romarin ? du laurier peut-être ?* Merde, c'est qu'il avait de sacrées lacunes en plantes aromatiques. Alors il avait regardé en face la grise réalité : Mauve aurait su ce genre de choses.

Quand il était arrivé chez lui, il avait trouvé sa mère assise sur le fauteuil en velours saumon, la mine jaunâtre, molle, couleur de crème fraîche plus très fraîche. Elle ne l'avait vu ni entendu jusqu'à ce que le contenu de son sac se répande sur le sol et réussisse à faire trembler la moquette. Elle avait sursauté, sortant de sa torpeur pour afficher un sourire grimaçant, et les malheurs de Yaya avaient immédiatement été relégués au rang de complications adolescentes car il savait que ce à quoi ils avaient affaire, là, était d'un tout autre calibre. Agapé lui avait proposé de manger comme si de rien n'était. *Soupe de potiron ? Quiche aux poireaux ? Cramée la quiche, désolée j'ai été distraite.* Yaya savait déjà ce qu'elle allait dire, il ne connaissait pas les détails, les dernières nouveautés, les vilains rebondissements, mais il savait. C'était toujours le même putain de tsunami qui venait ruiner leur tentative de normalité. Yaya avait déjà repéré le diable posé à côté de la bibliothèque, les roues pleines de terre ou de merde de chien – au choix –, le grand cabas à carreaux posé dessus, un truc de mamie qui va faire son marché, et il avait détecté la présence de son frère. Mahdi n'avait que dix-neuf ans mais des années déjà qu'il allait et venait, cultivant l'art de la disparition dramatique et de la réapparition pathétique. Yaya réfrénait l'écœurement qui montait, la petite pizza cherchant sa voie hors de lui. *J'ai soif.* La voix granuleuse, Mahdi avait débarqué, les yeux comme deux billes fracassées. Agapé s'était levée d'un bond comme une esclave traumatisée pour aller chercher de l'eau à cette bestiole malodorante et débraillée qu'était son fils et d'un même élan Souvlako le chat s'était carapaté pour se dégoter une cachette. Yaya était resté stoïque, fâché. Il examinait Mahdi. Grand échalas musculeux, torse nu couvert de marques rouges, bras nerveux, la peau plus sombre que d'habitude, comme voilée, *de la crasse peut-être,* Dieu qu'est-ce qu'il puait. Quand soudain, la cruelle prise de conscience. *Putain mais il a dormi dans mon lit ce con et il est tout dégueulasse il pue la mort et il a dormi dans mon lit.* Une vague de dégoût s'était emparée de lui et il avait lancé, hargneux : *Non mais t'as dormi dans mon lit?* Mahdi n'avait pas relevé, trop occupé à sortir un vieux steak de sa poche et à tenter de l'allumer avant de dire : *T'as pas une clope en fait?*

Sous les boucles noires entortillées, Mahdi avait des cernes tellement prononcés que c'était à se demander si ce n'étaient pas les restes d'un maquillage mal lavé. *Ou des cocards, peut-être des cocards, non impossible qu'on lui ait fait les deux yeux, il est trop rapide, le mec qui le touche il le défonce.* Mahdi avait embrayé : *T'inquiète, je me suis pas fait patater, le mec qui me touche, j'le défonce, je suis juste un peu fatigué, beaucoup bossé, fait la fête un peu, j'ai pris ton lit aussi, faut que je me repose, Maman est OK. Mais ça va, y a le clic-clac pour toi, tranquille non? Comme ça, tu me réveilleras pas, Maman a dit que tu te levais tôt pour aller à ton truc là. Moi faut que je dorme, hein.*

Complètement déboussolé face à ce frère qui ne lui parlait pas comme à un rat crevé pour une fois, Yaya avait perdu ses moyens. Agapé, revenue, avait posé le verre d'eau sur la table basse couverte de poils de chat et avait regardé ses fils, ébahie : *Ah bah vous discutez,* avait-elle lâché dans un souffle timide, *c'est bien, c'est bien ça, de discuter. Ça me fait plaisir, ça me...* Mahdi l'avait interrompue : *Ouais c'est ça, j'vais me coucher,* avant d'avaler son eau d'un trait en en laissant couler de chaque côté de sa bouche d'affolantes rigoles.

3

Il y a plusieurs mois, Agapé a découvert le site planetoscope.com et plus particulièrement sa page affichant le nombre d'homicides commis en France en temps réel selon deux entrées : « depuis le 1er janvier » et « depuis que vous êtes connecté ». Dès lors, Agapé a laissé cette page en arrière-plan et la réactualise fréquemment. Elle aime quand rien ne bouge ; elle n'est pas mécontente non plus quand le compteur augmente. *Ça arrive, les gens tuent*, se rassure-t-elle. Parfois, le compteur fait un bond phénoménal, en l'espace de deux jours quinze meurtres peuvent être perpétrés. Agapé en reste bouche bée, chaque fois. Quand le compteur « depuis que vous êtes connecté » passe de zéro à un, c'est un frisson qui la parcourt.

4

Après-midi d'orage. Schlass lui léchouille la pulpe du doigt pendant qu'il caresse Schlassette. Mahdi ferme les yeux et s'absente. Il glisse hors les murs et, concentré, visite la vie passée.

Ce n'était pas un hasard s'il s'était retrouvé devant le Tropicana en périphérie de Lyon ce soir-là. Mahdi avait eu envie de s'amuser. Il savait que les parkings de boîte de nuit possédaient un haut potentiel de divertissement. Il avait fait ses recherches et hésité devant le champ des possibles : le Paradis à Carcassonne, le Myssil à Pontivy, le 666 à La Roche-sur-Yon... *Tant de beaux lieux putain!* Mahdi avait entendu parler des tirs et des menaces au fusil au VIP Club à Benais; de l'homme qui s'était endormi dans sa voiture, moteur allumé, pied sur l'accélérateur, et avait réussi à mourir carbonisé sans même se réveiller à Nogent-le-Phaye; il avait aussi remarqué le viol collectif filmé, évidemment filmé, au Carpe Diem à Balma et la soirée copines qui avait viré au cauchemar dans le complexe bowling-discothèque de Toulouse, à coups de viols répétés par une dizaine d'assaillants, des jeunes clubbers. Mahdi avait eu envie de faire partie de cette France-là, rejoindre ses incroyables talents. Les rixes, les spectacles pyrotechniques gratuits et impromptus, les vies qui basculent, les orgies intrépides et sales sur les coups de six heures du matin. Mais il s'était refusé à l'opération groupée. Regarder des ploucs baiser à l'arrière d'une camionnette et attendre pantalon baissé qu'on lui dise où et quand planter sa bite, se faire renverser du Red Bull sur les avant-bras par des idiots qui ne contrôlent pas leur érection, c'était un non pour lui. Mahdi avait toujours été un loup, et c'est en loup qu'il s'était retrouvé sur le parking de la discothèque le Tropicana, un doux soir de décembre après avoir englouti quatre cent soixante-six kilomètres. Mahdi avait retroussé – légèrement – sa lèvre supérieure, son sourire avait claqué sous la lumière des réverbères et ses joues s'étaient creusées d'ombres dures. Il avait le regard de ceux qui n'en avaient rien à foutre. Tuer au hasard est un art, dont la maîtrise n'est possible que pour de rares élus.

Trois heures trente-six. Un mec et une meuf sortaient du Tropicana, bras dessus bras dessous, et cette simple vision avait égayé Mahdi, remplissant son cœur de fiel. L'affection en public, ça lui bloquait un nerf dans le cerveau. Les amoureux, il l'avait vu tout de suite, n'avaient rien à faire là. La fille avait trébuché : cheville tordue par les talons hauts dont les orteils dépassaient et ça l'avait fait rire cette conne. Le garçon la couvrait d'attentions avec une douceur trop raffinée et la perplexité montait à la tête de Mahdi. Le couple prenait tout avec le sourire, détendu par l'alcool, joyeux de rentrer se coucher à deux. *Mais quelle idée de s'aventurer hors du Carré d'or pour venir fréquenter les boîtes de nuit collantes et sombres de l'extérieur de Lyon.* Il s'était dit que Cécile et Maxime n'auraient pas dû s'éloigner de leur école de commerce et des restaurants que fréquentaient papa-maman, qu'il y a des gens comme ça, faut pas les sortir de leur milieu naturel, ils font des proies trop tentantes, et ils n'y survivent pas. Mahdi avait seulement voulu un coup d'éclat. Et justement, le couteau, il n'avait encore jamais fait. Il s'était avancé vers le couple, avait cogné la meuf du tranchant de la main gauche – dans le nez ça remet toujours les gens à leur place – et planté le mec trois fois – cœur, estomac, rate. Droit au but. Mahdi avait été précis, méthodique, enfonçant la lame, la ressortant, concentré sur l'inclinaison de l'opinel, le degré, la profondeur. Il avait su faire preuve d'habileté technique et pratiquait déjà alors, et ce sans même s'en apercevoir, la pleine conscience face à la tâche à accomplir. Mahdi rouvre les yeux doucement. Schlass et Schlassette sont venues se blottir dans son cou, l'une contre l'autre, absorbées par la chaleur de sa peau, bercées par la pulsation de sa carotide.

VII

1

Ce taxi est un berceau. Radio Nova, survêt' peau de pêche et paquet de riz malaxé à même l'emballage pour lutter contre le stress : voilà le combo gagnant. Mauve vit sa voiture comme un havre de paix. Une carapace, une armure dans laquelle elle laisse, certes, pénétrer des clients, mais auxquels elle impose ses règles. Déjà, il y a une paroi de séparation entre l'avant et l'arrière, faut pas déconner, les gens sont des dangers. Ensuite, jamais elle ne se laisse dicter sa musique. Enfin, pas de copinage sauf avec quelques habituées qui ont son numéro – principalement des mamies rigolotes du quartier qu'elle emmène à l'hôpital très tôt le matin ou pour qui exceptionnellement elle roule en journée. La pluie cogne le pare-brise comme une malade et Mauve se rappelle son rêve de l'après-midi alors que sa nuit de travail touche à sa fin, il est bientôt sept heures. Sa mère avait attrapé un cancer, sa peau s'ourlait de gouttes, elle suintait jusqu'à disparaître, se transformer en une flaque et glisser sous la porte d'entrée comme dans cette série *Les Incroyables Pouvoirs d'Alex*. Le sentiment de peur n'avait pas quitté Mauve et ce même après avoir ouvert les yeux et constaté qu'Adélaïde était là, clouée à l'ordinateur en train de regarder un énième épisode de *Faites entrer l'accusé.* Mauve n'en voulait même plus à sa mère d'être captivée par ces enquêtes criminelles un chouïa glauques. C'est vrai que Christophe Hondelatte avait l'art de conter : *Francis Heaulme, le routard du crime, ce menton en galoche, cette bouche sans lèvres, cette silhouette décharnée, il a tué neuf fois officiellement, peut-être plus...* C'est vrai qu'il donnait envie de connaître la suite. Adélaïde attendait impatiemment d'être appelée pour témoigner dans l'épisode qui serait consacré à Mahdi et refusait de comprendre en quoi c'était dérangeant. Malgré ça, Mauve, encore empêtrée dans son cauchemar, avait serré sa mère, sa petite maman, dans ses bras avant de partir travailler.

2

Y a eu cette fois, par exemple, un barbeuc, une teuf. Un pote perd son tél, c'est Eugène qui le retrouve et qui le garde en attendant. Il sait pas où est passé son pote, il dort quelque part, Eugène attend de le recroiser pour lui annoncer la bonne nouvelle : *Tiens j'ai trouvé ton tél,* pas d'embrouille. Deux jours après, qui sait qui vient le voir et lui demande : *T'as fait quoi avec mon tél il est cassé.* Eugène, il est pas fou, il sent la merde, quand il lui a rendu le tél il fonctionnait, l'autre lui dit qu'il est de mauvaise foi. *Hop hop hop*, Eugène bondit et sort le schlass, il vrille, on peut pas le raisonner, heureusement que y a son oncle qui le retient, mais Eugène se met à frapper le mur, avec ses pieds, ses poings, sa tête, là sa meuf dit *stop* elle appelle les pompiers. Faut dire qu'il est con aussi, il avait avalé une boîte de Zopi' et six plaquettes de Xanax avec de la bière sur les dernières vingt-quatre heures. Yaya connaît l'histoire par cœur, c'est sa préférée. Eugène conclut : *Mais tu vois les gens on les dépanne, on retrouve le tél, on le rend, on prête la friteuse, ils la ramènent vide, on fait les saucisses au barbeuc, eux ils foutent rien. Et on se fait traiter de menteur.* Le bout incandescent de leur cigarette rougeoie. Yaya a une chanson d'enfance qui lui effleure la langue. *Flip flap, Flip flap flop, C'est la pluie qui tombe.* Ici, il pourrait y avoir une crue, un mètre d'eau, des alligators, ils seraient quand même tous dehors à fumer leur clope. *Flip flap, Flip flap flop, De plus en plus fort.* Il y en a quatre par jour, données par les soignants, c'est leur plus grande distraction, celle d'après petit déj est de loin la meilleure. *Pluie tu me mouilles, Et tu me chatouilles, Me voilà trempé, De la tête jusqu'aux pieds.* Elle les asperge à l'horizontal, Yaya jette son mégot dans le cendrier, Eugène, à bout de poumons, tire sur son filtre tout en fredonnant ses fredaines desquelles le schlass procède, obligatoirement.

3

Alors qu'elle longe le parc Monceau, Mauve décroche un gros bout de tartre qui se logeait entre ses incisives centrales : rien qu'en grattant avec son ongle. Elle trouve ça extrêmement satisfaisant, incline le rétro central tout en se contorsionnant pour apercevoir son succès. Une cliente – ce sera la dernière avant que son compteur ne se bloque – lui fait signe par la fenêtre, elle se recompose vite fait et baisse la vitre pour l'écouter. Direction Malakoff. Mauve se fige : sourcils, langue, épaules. Un, relâcher les sourcils, deux, décoller la langue du palais, trois, abaisser les épaules. Le pied constant sur l'accélérateur, tous les feux sont au vert, la voiture dévale le huitième, traverse les Champs-Élysées, écrase ses pavés, file sur la Seine, vole le long de l'esplanade des Invalides, suit l'avenue de La Motte-Picquet, délaisse le septième pour le quinzième, frôle le parc Georges-Brassens, franchit le périph et *vous êtes arrivée à destination.* Mauve se détourne de Nova pour l'album *Curtains* de John Frusciante. Elle l'écoute religieusement tout en essayant de se gorger de Paris, de voir tout ce qu'il y a à voir entre les torrents qui recouvrent la ville. Dans la chanson *Your Warning*, John Frusciante finit sur ces mots comme une incantation : *Emptiness replace my soul* et Mauve trouve ça tellement à propos qu'elle en hausse brutalement les yeux au ciel et claque avec une pointe de rage son levier de vitesse. Le passé a du mal à la laisser de côté et certains épisodes lui reviennent comme des flashs.

4

C'était paraît-il l'été de la liberté suprême. Ah, les belles vacances tant méritées après le bac, un truc de malade, l'éclate ultime pour signer la fin du lycée. *Que dalle ouais.* Mauve mordait son poing, cherchant la prise parfaite entre la dent et la chair, souvent au niveau de la rondeur du pouce. Elle ne voulait pas trop serrer la mâchoire pour ne pas ajouter de douleur superflue à celle qui déjà la consumait ; simplement trouver le juste équilibre dans la sensation physique pour soulager la peine. C'était un travail d'ajustement et d'apaisement. Mauve n'avait pas de *grip* sur la situation qu'elle traversait. Pour essayer d'éviter de riper, elle ne pouvait que laisser les choses suivre leur cours, dériver. Alors, elle le savait, il allait falloir qu'elle veille le fil de l'eau, et morde son poing plus souvent. Il y avait bien les livres de méditation d'Adélaïde pour tenter de gagner en sagesse face au mal. Il y avait surtout le Seresta pour infuser les interstices entre le crâne et le cerveau de coton, pour embourber le cœur d'une argile verte qui panse et guérit, pour circonscrire les sursauts des yeux qui ne cessent de rouler vers les souvenirs passés. Quand Yaya était venu la voir pour lui annoncer qu'il partait rejoindre Didi, elle s'était littéralement liquéfiée. Les mains moites, les pieds humides, le dos trempé, le ventre sué, l'intérieur des cuisses et l'arrière des mollets perspirants, les aisselles inondant les flancs. Son cœur s'était arrêté pour recommencer à battre avec la douceur d'une enclume. Didi ne lui avait rien proposé à elle, ses messages étaient restés lettre morte et, déjà, Mauve souffrait violemment de ce silence. Voilà qu'elle perdait Yaya maintenant, sans comprendre véritablement ce qu'il se passait. Ça n'avait aucun sens. *La rejoindre, c'est-à-dire? Aller où? Pour quoi faire, pourquoi toi? De quoi tu parles? Tu me laisses?* Mauve aimait ce trio sur lequel elle régnait puisque sans elle il ne pouvait exister; ce trio dont elle était la clef de voûte et l'architecte – jusque-là. Elle n'avait pas conçu qu'ils puissent entrer en relation sans elle, dans son dos. *Attends, c'est quoi cette histoire d'amour à deux balles? Y a pas d'histoire d'amour, qu'est-ce que tu racontes, tu l'aimes?* Pour une fois, Yaya rencontrait des difficultés à s'expliquer, il se montrait confus, sentait qu'il faisait une énorme connerie mais ne pouvait s'en empêcher et justifiait son départ en invoquant l'amour, en effet. Deux semaines qu'il s'en était rendu compte, il était dingue de Didi, *un truc sérieux*, et du coup c'était mieux, enfin, c'était mieux s'ils étaient que tous les deux, fallait voir ce que ça allait donner, il y croyait, il y croyait à fond. Mais, il allait revenir et puis. Mauve l'avait coupé, c'était trop là, elle lui avait demandé s'il l'avait jamais connue, s'ils avaient jamais été amis en fait, s'il n'avait rien vu pendant tout ce temps? Didi c'était pas n'importe qui, c'était pas juste une amie, c'était pas celle qu'il pouvait lui piquer. Yaya n'avait pas mesuré l'ampleur des dégâts. Pas compris ce qui se jouait pour Mauve, l'amour et l'espoir qu'elle portait en Didi, la confiance absolue – fraternelle – qu'elle plaçait en lui, l'immensité de la trahison et du sentiment de rejet qui allait tout pourrir.

Il y avait eu des jours où Mauve avait mal à en crever, où elle éprouvait, consciemment, chaque seconde qui passait et cette torture qui courait dans son corps. Le temps n'aidait pas. Le temps, il la bousillait. Mauve voulait faire preuve d'autant de calme que de patience, maîtriser les espoirs et les craintes, quadriller l'expectative mais elle ne savait être placide. Elle pleurait l'horreur, vomissait l'angoisse. L'attente à l'issue incertaine, c'était sa drogue et son poison. Pendant cette période, Mauve s'était beaucoup renseignée sur les pleurs. Le sel des larmes à défaut du sel de la vie. La douleur la retrouvait, la poursuivait. La douleur ne lui laissait pas de répit. Il fallait apprendre à vivre à côté d'elle, à côté de celle qui la pourchassait.

Les cheveux balayés par la poussière, Didi regardait les nuages s'étioler. La gorge gonflée, elle se gargarisait à l'eau de mer. De Coxen Hole à Belize City, Yaya avait dû prendre le bateau. Il avait envie de la retrouver, mais surtout, il appréhendait. Elle allait quitter la mer des Caraïbes pour venir le chercher en ville. Ils ne savaient pas encore sur quelle *caye* ils aborderaient. Yaya lui faisait confiance, pour ce qui était du choix. Il n'avait jamais autant désiré quelqu'un. Didi, c'était son horizon. Il aimait ses silences, ses tentatives d'évitement, le pétillement froid de son œil. Il n'avait pas senti le remugle en elle. Sa pourriture. Il aurait dû se douter pourtant.

Didi n'était pas gentille. Elle ravageait les gens. La tête de Yaya, ça avait été un rapt en pleine conscience. Didi avait cette implacable radicalité qui saisit et qui piège.

Mauve ne pouvait plus rien avaler de solide. L'estomac creux plus que creusé. Un truc répugnant en elle qui faisait que ça lui renvoyait jusqu'à mi-œsophage, comme une remontée d'organes. Elle buvait du café au lait en quantité, le matin. Elle commençait rarement avant onze heures, faisant défiler sur la télé cathodique les enregistrements des émissions de télé-réalité de la veille : c'est ce qui la rattachait à la vie. *Mais pour combien de temps.* Elle n'osait même pas penser au moment où cette saison des *Marseillais* allait sinistrement prendre fin. Elle luttait et elle buvait, mais ça ne lui plaisait plus comme avant, le café au lait.

Didi était au Belize depuis deux semaines et Yaya s'étonnait soudain de la pâleur de sa peau. Elle ne bronzait pas, elle hâlait légèrement, les épaules menues, ses cheveux serpentant longuement contre son dos : les mèches blond cendré, doré, pleines de santé, les taches de rousseur apparues sur ses pommettes et son nez et le blanc de ses yeux ressortant comme une impiété. Yaya la trouvait scandaleuse, d'une beauté fragile et insane. En vrai, Didi n'était ni jolie ni dégueulasse. Ça dépendait des angles. Et pourtant, souvent, quand on la regardait c'était le mot *sublime* qui venait à la bouche. Mais elle, elle, méprisait ceux qui la disaient ainsi, les exécrait. Le soir, sur des chaises en plastique – ivoires les chaises – comme il en existait des millions, Didi et Yaya se mataient. Ils logeaient chez l'habitant et ils n'osaient pas déranger. La courette extérieure délimitait leur territoire. Chacun se plaçait, à la nuit tombée, toujours du même côté de la table. Didi aimait la nappe en plastique épais : le bleu, le vert, et le jaune pâle, les pingouins et les morses dessinés grossièrement. Yaya posait par terre, à même le béton craquelé, une glacière rouge remplie de *seaweed* et de bière Belikin, Didi lapait le liquide, aspirait, glissait sa langue dans les bouteilles de verre : elle était consciencieuse. Yaya ne savait plus boire sans s'en renverser absolument partout, les poils de son torse avaient blondi, sa peau s'était tannée, les gorgées qui lui échappaient rappelaient sa douce maladresse. Il se sentait jeune face à Didi. Il essuyait sa poitrine avec cette éponge lavée au citron, la frottait sous sa chemise en passant une main contre une clavicule, puis, délicatement, en s'attardant sur le plexus solaire.

Mauve se le répétait *: Il ne faut pas mourir pour les couleurs du ciel.* Elle pensait à elles, à leur simultanéité selon les endroits de la Terre, kaléidoscope hypnotique, collage dément et démentiel : c'était la plus belle des peintures. Mauve envoyait ses textos comme si c'étaient les derniers, sans aller à la ligne, elle balançait dans le désordre, elle écrivait, elle tapait sur entrée, elle faisait des abréviations même, le genre de trucs qui ne lui serait jamais passé par la tête avant, elle le faisait et elle assumait, voire, elle était à deux doigts de le revendiquer, mais fallait pas y aller trop fort quand même. Didi aurait bien aimé que Mauve cesse de l'abreuver. Elle ne répondait pas. Elle ne s'en voulait pas, plus tellement. Yaya comme Mauve auraient rêvé d'administrer du penthotal à Didi. Ils voulaient des informations sur ce sujet non consentant. Chacun d'un côté de l'Atlantique, ils cherchaient à l'atteindre. La boule dans la gorge de Mauve grandissait chaque jour. Elle ne mangeait plus mais savait maintenant que les larmes contenaient des protéines, c'était donc là l'utilité des pleurs brusques et sans préalable lors d'une dépression : s'alimenter. Survivre en regardant Carla et Kevin. Manon et Jessica. Oh, et Julien, comment oublier Julien qui disait à longueur d'interviews des phrases comme : *Des cuculs pleins, des tétés pleins, y en a assez!* Voilà à quoi Mauve se réduisait en scrutant son téléphone à l'écran noir, asséché de messages de Didi et devenu alors l'objet des frustrations les plus violentes et mortifères. Parfois, elle le laissait tomber du haut de son lit mezzanine. Ça ne l'avait jamais cassé et ça ne l'avait jamais fait sonner non plus. *Putain de portable de merde. Putain de Didi de merde.* Yaya ne s'attendait pas à ça. La nuit, la langue à l'huile d'olive de Didi léchait l'espace entre ses côtes et ça suffisait à le faire jouir. Elle s'endormait après, et lui restait éveillé à l'observer, lunaire, à surveiller la respiration de ses paupières. Mauve regardait, du haut de son royaume de couettes, la culotte de Didi échouée sur le parquet au pied de l'armoire. Elle la fixait, chaque jour, longuement, et espérait toujours au fond d'elle qu'elle revienne la chercher. Mauve avait bien du mal à trouver un équilibre dans le vide. La bouche amère, elle se sentait nulle, toute petite, moralement épuisée, fatiguée jusqu'à l'intérieur des os. Quand elle dormait, elle rêvait de son cœur qui s'accouplait à la bouche de Didi, à son sexe, de ses dents qui épousaient l'entrée de ses cuisses. Les imaginer au Belize : Mauve n'avait jamais connu la morsure de la jalousie auparavant. Et maintenant, il lui fallait supporter ce voyage qui ressemblait à une disparition.

VIII

1

Déjà l'heure du deuxième traitement, Sékouba a l'impression de passer son temps à administrer des médocs. Il le sait, s'il y a tant de cachets, c'est que les oreilles et les bras manquent. Équilibre précaire : la chimie pour contrebalancer les coupes budgétaires. Après sept années à travailler dans différents services psychiatriques des Hauts-de-Seine, Sékouba avait vu une annonce : *Venez exercer en tant qu'infirmier dans le groupe hospitalier Paul-Guiraud à l'Unité pour malades difficiles Henri-Colin.* Lui, il avait envie de changement, il avait même perçu en l'offre une possibilité de se spécialiser, bosser là-bas allait lui donner de nouvelles qualifications, ce serait un tremplin tiens. Il s'était imaginé tout un truc et ne s'était pas renseigné outre mesure avant l'entretien. Bon, il avait regardé vite fait ce qu'on trouve en ligne, checké deux-trois infos, Wikipédia bien sûr, le site de l'hôpital aussi, et soigneusement évité de lire les articles aux noms pute-à-clic comme de visionner les reportages en immersion chez les terribles fous qui vivent derrière les barreaux des UMD. La télé c'est du spectacle, les journalistes c'est toujours plus, du show, du show, *bouh on vous fait peur, calez-vous bien au fond de votre canap' en matant l'effroyable histoire des maboules près de chez vous.* Sékouba s'était dit qu'il allait se faire une idée par lui-même. Et puis, il était grand, il en avait vu d'autres. Il connaissait les chemins de vie fracassés de celles et ceux qui passent plus de temps à l'hôpital psychiatrique qu'en dehors. Il connaissait les dépressions carabinées, les troubles envahissants, les psychismes cabossés, les crises d'angoisse infernales, les psychoses flamboyantes, les tentatives de suicide à n'en plus finir, les conduites addictives qui toujours confinent à la toxicomanie et les malheurs qui détraquent l'esprit. Il connaissait ces maladies parfois invisibles, trop souvent invisibilisées qui, dans l'enceinte feutrée de l'hôpital, pouvaient se révéler à l'œil telles qu'elles étaient : éclatantes, impétueuses, crues. Il connaissait la profonde douleur qui, libre d'affleurer, devenait alors – parfois – soignable. Il connaissait la misère qui venait tout bousiller, les situations sans queue ni tête, les débâcles administratives. Il connaissait les patients ombrageux, rêveurs, délicats, confiants, mutiques, dolents, prolixes, défiants, farouches. Sékouba connaissait. À côtoyer ces naufragés, il avait gagné en sagesse et en humilité. Il faisait son boulot, il avait espoir. Avec les collègues aussi, il passait bien, gentil, chaleureux, courtois, il retenait les prénoms, les anniversaires, ceux de leurs enfants, de leur mère, de leur grand-père, les dates d'arrivée, de sortie, de réintégration du service et ça ne le gênait pas de faciliter les prises de congé, Noël, le jour de l'an, tous ces bails, il les laissait aux autres. Bien sûr, il y avait des cas plus difficiles que d'autres et des moments de découragement intense. Les politiques publiques semblaient prendre un malin plaisir à atomiser la psychiatrie, ce secteur dont clairement on n'avait rien à secouer, et ça, ça lui foutait les nerfs. Mais malgré les coups durs, Sékouba s'en sortait pas mal et s'échinait à donner le meilleur de lui-même. Optimiste redoutable, il s'était dit : *Pourquoi pas essayer de faire la différence là où c'est vraiment la merde.* L'UMD lui avait semblé le lieu de tous les défis, l'endroit où l'aide venait le plus à manquer et il aimait à penser qu'il pouvait être utile, réellement utile, et *pourquoi pas changer le monde à mon échelle.* Peut-être était-ce sincère, peut-être était-ce son ego de mec à qui la vie avait toujours souri, peut-être était-ce de l'inconscience.

L'entretien s'était bien passé. En y repensant, il aurait pu prêter une attention légèrement plus soutenue à quelques *red flags.* Mais il s'était dit : *Normal qu'il y ait des trucs un peu chelous, ça va pas être de la tarte, si je veux monter en niveau, c'est normal que le niveau monte.* Sékouba s'était senti prêt à encadrer les malades en rupture thérapeutique extrême, ceux dont les troubles étaient si graves qu'il devenait impossible de les laisser dans un service de psychiatrie classique, prêt aussi pour les détenus qui décompensent en prison, agressent, font des tentatives de suicide et que l'on redirige temporairement vers l'UMD. Et puis, il savait qu'il y aurait des personnes ayant commis un acte médico-légal, les irresponsables pénaux, les moins nombreux mais les plus médiatisés. Il avait eu le job direct et avait compris que son allure de grand-mec-costaud-qui-en-impose n'y était pas pour rien. On avait insisté sur la dominante physique du rôle d'infirmier en UMD et on lui avait annoncé la couleur d'emblée : la sécurité allait faire partie du boulot ; ça ne l'avait pas rebuté, il ne pouvait pas croire que ça constituerait l'entièreté du métier.

Lors de son premier jour, la directrice l'avait reçu. Mince et voûtée, vêtements plutôt seyants sous la blouse blanche ouverte, elle avait retiré ses lunettes de son nez, les laissant pendre à une chaînette de perles translucides, bigarrées. Elle avait regardé Sékouba, arboré un sourire qui se voulait l'affirmation d'une posture et expliqué d'une voix collante comme de la mélasse que l'UMD était un lieu *différent. La moitié des « patients »* (Sékouba avait entendu les guillemets) *qui arrivent en UMD sont là car ils ont exercé leur violence sur du personnel soignant. C'est statistique. C'est triste. C'est cinquante pour cent. C'est un sur deux. Il y en a qui sont violents. Pathologiquement violents. Spécialement pathologiquement violents envers le personnel soignant. Vous représentez ce qu'ils détestent, ce qui les contraint, la raison de leurs maux. La grande majorité, la très grande majorité des « patients »* (comment cette femme faisait-elle pour énoncer les guillemets sans les faire avec ses doigts là ?) *sont dangereux. C'est statistique. C'est triste. C'est cent pour cent. C'est deux sur deux. Allez, restons positifs, c'est un virgule huit sur deux.* Clin d'œil. *Les traitements sont lourds, extrêmement lourds. Oubliez ce que vous avez vu avant. Ici on travaille à neutraliser la dangerosité du patient pour la sécurité de nos équipes soignantes. Les traitements sont nos premiers alliés. Il n'y a pas de « dose limite », la « dose limite » c'est nous qui la fixons. Et chaque « patient » a un protocole de soins personnalisé et personnalisable à l'envi. On a des systèmes d'alarme très au point, vous êtes équipés en permanence, vous alertez, on réagit. Malgré toutes nos précautions, le risque zéro n'existe pas. Il est important que vous puissiez vous défendre, défendre votre intégrité physique j'entends, ainsi que celle d'un collègue qui se retrouverait en situation périlleuse. Nous ne sommes jamais à l'abri d'une mutinerie. C'est en se croyant à l'abri des mutineries que les mutineries arrivent. Ne l'oubliez pas. Vous allez être affecté au pavillon 38, les entrants, je ne vous le cache pas, sont dans des états cliniques sévères. Au 38, on les formate, c'est dur. Le but, c'est qu'ils saisissent où ils ont mis les pieds. Ici, on arrête de rigoler et on cherche à leur faire passer le goût de revenir. Ils n'ont droit à rien. Ils n'ouvrent jamais une porte par eux-mêmes, ils ne tiennent pas de crayon comme ça parce que ça leur chante, tiens et si je tenais un crayon, non, pas de brosse à dents à tout-va non plus... Comprenez bien : chaque objet peut être utilisé pour attenter à votre vie ou à la leur. Ici le « patient » est avant tout un risque. Risque de débordement. Risque de coup. Risque de suicide. Risque de fugue. La fugue étant bien évidemment le pire scénario. Sarkozy nous l'a bien dit. Ne reproduisons pas les erreurs du passé. Le réveil est à huit heures trente pour tous, vous allumez la lumière de l'extérieur, vous commandez l'ouverture du volet, vous administrez le premier traitement. Attention, souvent les nouveaux arrivants veulent jouer au plus malin et cherchent à garder leurs médicaments en bouche pour le recracher plus tard. Votre rôle est de veiller au grain. Vous devez vérifier systématiquement que le traitement est avalé, il faut inspecter : les joues, la langue, dessus, dessous. Ensuite, ils se nettoient. Ils ont trente minutes. Bien sûr l'eau peut être coupée de l'extérieur. Et c'est essentiel, attention aux « patients », ils sont prêts à tout, il y en a qui vont avaler l'eau de la douche en quantité importante pour diluer le traitement. Donc ça, c'est non.*

Sékouba se demande si cette dame pourtant psychiatre s'est un jour rendu compte que la plupart des traitements assèchent tellement le corps, la gorge, la bouche, les lèvres, qu'il en devient vital de boire toute l'eau qu'on trouve, mais il se retient de faire une remarque. *De toute façon, il est hors de question que l'eau coule dans leur chambre pendant trente minutes pleines et entières. Dix, quinze, dix plutôt, c'est amplement suffisant. Vous êtes en charge des affaires de toilette, jamais, jamais, vous ne les laissez en libre accès. Vous donnez, vous reprenez, vous mettez dans le placard, vous verrouillez. Après la douche, tout le monde dans le couloir, nus, en slip s'ils en ont un, et vous donnez la tenue de l'institution. À neuf heures trente, petit déjeuner. Ni couteau ni fourchette, tous les repas se mangent exclusivement à la cuillère. Vous les placez. En quinze minutes c'est réglé. Là, c'est la fête, vous leur donnez leur première cigarette de la journée. Télé de dix heures à onze heures quarante-cinq, rendez-vous médicaux et puis deuxième traitement, déjeuner en silence, enfin dans le calme, vous devez faire très attention au niveau sonore, c'est les prémices du débordement, les décibels, pieds sous la table, rien ne dépasse. Bien sûr, comme au petit déjeuner, vous devez compter les verres, les cuillères, débarrasser, les « patients » nettoient leur table et vous choisissez l'ordre des sorties. Vous les appelez un par un, ça leur permet un véritable retour au calme. Puis, bingo, c'est l'heure de la cigarette. De treize heures trente à seize heures, c'est la sieste, obligatoire la sieste. Ils se déshabillent dans le couloir, vous les enfermez dans leur chambre. À seize heures, ils se rhabillent dans le couloir et c'est déjà le troisième traitement et la troisième cigarette. Vous leur proposez le goûter, un fruit, un café, la télé. Dix-neuf heures, quatrième traitement, dîner, tout le monde en slip dans le couloir, pyjama et zou au lit ! Extinction des feux à vingt heures trente. N'oubliez jamais qu'on est sur des « patients » agressifs avec impulsivité importante. Distance est maître mot et distance est mère de rigueur. N'essayez pas de copiner, n'essayez pas de comprendre, n'essayez pas.* La dame avait remis ses lunettes, fait un clin d'œil et Sékouba avait capté, *OK c'est du lourd ici.* Jusque-là, en hôpital classique, il avait toujours su poser des limites aux patients. Parfois, il n'y avait pas à écouter, pas à discuter, pas à tergiverser, l'action était requise, il fallait faire vite, *bim bam* injection intramusculaire, on dégaine, on plaque, pas de blague. L'urgence lui plaisait, le caractère imprévisible des journées également, il ne savait pas quel type de patient allait débarquer, encore moins dans quel état… et la gestion physique pouvait lui procurer un shoot d'adrénaline tout en lui donnant le sentiment de faire quelque chose d'important, d'être un mec qui en voyait des vertes et des pas mûres et qui méritait du respect pour ça.

Ça le fait rougir d'y penser maintenant, mais il appréciait, de temps à autre, devoir réguler par la force. Parce qu'il n'avait jamais dérapé. Parce qu'elle n'était pas son seul outil. Parce qu'elle était son dernier recours. À l'époque, il aimait savoir qu'il avait l'ascendant et s'enorgueillissait de donner un coup de main et de pouvoir être le protecteur d'autres infirmiers, celui que l'on appelait à la rescousse, celui qui gérait, celui en qui on avait toute confiance quand ça crisait. Sékouba ne s'était jamais senti en danger. Et puis il était arrivé à Henri-Colin.

2

Jean-Luc est le mec le plus posé du pavillon 38. Y a pas grand-chose qui le fait triper ou réagir ici. Sa carnation naturelle c'est blanc cadavre. Il a un vrai look de premier de la classe, enfin le look c'est sa tête : fine lèvre supérieure, jolie bouche, yeux noisette, lunettes – des verres simples sans monture apparente –, cheveux bruns plutôt épais, lisses, dont l'implantation vient à manquer sur le vertex, deux demi-cercles se dessinant. Jean-Luc a toujours beaucoup prodé. Il compte reprendre dès qu'il le pourra, il ne s'en cache pas, les cachets lui font tenir le coup mais c'est pas évident l'ascèse imposée. Jean-Luc est un consommateur comme un autre, lui ce qu'il aime c'est les prods, y en a qui préfèrent la vodka, les Twix, le Club Med, franchement Jean-Luc juge pas. Pour lui, faudrait songer à décorréler les drogues de nos fantasmes autour du bien et du mal, y a rien de moral, rien d'immoral, ça relève juste d'une liberté essentielle. Jean-Luc fonce à petits pas rapides vers Yaya, le rose aux joues, limite fringant, le doigt pointé. *Eh tu sais pas ce qui m'arrive.*

Tiens, regarde. Il lui met son majeur sous le nez : une énorme écharde coincée sous l'ongle. *Elle est en train de sortir, elle remonte.*

3

Le coup d'interphone retentit, brusque et nerveux, charmante mélodie qu'elle en avait assez d'espérer. Le livreur tambourine, Agapé regarde le sourcil froncé à travers le judas, elle lutte pour que son enthousiasme ne se tarisse pas face à cet homme manifestement agacé. Agapé ne sait rien de la porte, du rôle qu'elle a joué dans la vie de Mahdi. Yaya se moquait bien, lui, de ce qu'il y avait derrière mais Mahdi pouvait y rester rivé des heures. Il préférait largement ça à la télé : fixer le vide du couloir par l'œilleton, attendre, entrapercevoir les filles du couple d'à côté, les allers-retours de la dame aux cinq chiens, le mec qui écrasait ses clopes sur la moquette des parties communes. L'année de ses douze ans, une impulsion avait ébranlé Mahdi. Il avait décollé son corps du bois tendre de la porte, discrètement, actionné la poignée, imperceptiblement, et il en avait passé le pas. Mahdi s'était octroyé le premier rôle, les va-et-vient des autres avaient cessé de l'intéresser, l'obsession s'était éteinte, comme ça, le doudou délaissé, *plof j'en veux plus*. Mahdi avait arrêté de manger le couloir par les yeux pour mieux y pénétrer, le traverser et quitter l'immeuble avec l'assurance de quelqu'un qui savait où il allait. Trois jours plus tard, il était revenu sans escorte et avait gardé ses secrets pour lui malgré les supplications de sa mère. Mahdi était passé de guetteur appliqué à fugueur obstiné et cette nouvelle ère n'avait été qu'un concentré de terreur pour Agapé et Yaya.

Aujourd'hui, Agapé se dit que Mahdi, ça a toujours été ça : difficile de l'avoir sous le nez, douloureux quand il échappait à la vue. Le virage de l'adolescence : un loupé magistral. Loupé magistral imputable à rien ni personne mais allez dire ça à une mère. Il y a quelques années, Agapé avait fini par lâcher l'affaire, et était-ce véritablement être une mauvaise personne que de dire *stop*, d'arrêter de se remettre perpétuellement la tête dans la merde en cherchant à le comprendre, le retrouver, le voir, lui courir après, le faire parler. Agapé déballe les petits cartons d'abord. Douze jours qu'elle attendait sa nouvelle bouilloire, jolie chose faussement vintage d'un vert céleste, et son grille-pain au look rétro. Elle lance un thé russe, découpe un muffin pour le déjeuner, appelle le chat qui s'était carapaté en bon gros trouillard pour qu'il vienne lécher sa dose de beurre rituelle. Avec soin, Agapé s'attaque maintenant au paquet le plus mastoc. Chez Darty, la description de la machine l'avait séduite : « entraînement du haut et du bas du corps avec un seul appareil, marches antidérapantes, ordinateur d'entraînement avec affichage à lecture facile pour contrôle des performances, favorise et stimule le bon fonctionnement du système cardio-vasculaire ». Agapé, ravie, mise beaucoup sur cet elliptique pour accélérer le temps. Marcheuse active et immobile, Agapé engloutit les kilomètres sans avancer d'un pouce. Elle a reçu hier une première lettre de Yaya, les phrases sont maigres et les mots fatigués mais ce signe de vie lui a été d'une douceur infinie, c'est un regain d'optimisme auquel elle se cramponne, un baume dont elle s'enduit encore et encore en frottant le papier dans ses mains et en l'apposant contre son front.

4

Yaya se lève après la sieste, tout semble sous contrôle, état stable jusqu'à ce qu'un : *J'ai envie de me tuer* lui glisse des lèvres, chuchotement distinct, signal clair et sonore que lui envoie son cerveau, cinq mots qu'il n'a pu retenir, sortis tout seuls, alors que la honte lui plombe le cœur.

Il se déteste d'aimer encore ce frère qu'il hait, ce frère qu'il rêve mort mais dont il ne peut se défaire. D'une existence de trait d'union – rôle assigné à la naissance – il se trouve privé. Il n'est plus question de tenir l'édifice, plus question de jouer au pont qui lie Agapé à Mahdi ; c'est l'adieu à cette famille qu'il soutenait devant l'évidence de son membre amputé. De la débâcle émerge le vide. Avant son arrestation, Mahdi raflait tout : l'espoir comme l'inquiétude ; la moindre préoccupation affleurant lui était consacrée. Mahdi hors circuit et c'est de soi que l'on ne sait plus quoi faire. Il faut remiser l'angoisse dévorante : *Où est-il ? Que fait-il ? Qu'a-t-il encore fait ?* Il faut se délester de la peur qu'il commette *l'irréparable*, de la peur qu'il meure, se détacher de l'épouvante devenue seconde nature, de l'affolement chevillé au corps. Mahdi a toujours été le malheur qui contamine tout sur son passage, la vague qui engloutit et rase, l'astre de jais autour duquel ont gravité, inlassablement, Yaya et Agapé, aimantés malgré eux.

IX

1

La nuit enveloppe les rues du nord de Paris et la musique explose.

N'aie pas peur d'la vitesse
Quand c'est moi le conducteur
Ma tristesse au fond du chargeur
Et au fond du cœur

L'orangé des réverbères jalonne la piste qui n'est pourtant qu'une route. Booba accroche des larmes aux yeux de Mauve. Le ventre enserré par la douleur, réminiscence de la chute malgré les années, deux grands bras semblent venir lui tirer les flancs, s'amuser à lui écarteler les obliques des abdominaux. Mauve balance les fesses de gauche à droite, se tortille pour réajuster le coussin en mousse à mémoire de forme censé la soulager, elle se redresse, étire ses lombaires endoloris, incline son siège et dégaine le boudin de grossesse au rembourrage souple pour le glisser contre son dos. Son bassin ne s'est jamais totalement remis, ses dents non plus puisqu'elle continue de les compresser quand elle dort. *Ah qu'il est loin le temps des opioïdes à satiété.*

Doré, rose, éclatant, le soleil inondait tout sur son lever. Il étincelait. Il crânait. Il en faisait des tonnes. *Y a bien que lui pour se la péter pareil*, avait ruminé Mauve, étendue sur son lit d'hôpital, un haricot sous le boule. Elle ne s'était pas interrogée sur la sémantique : pourquoi un haricot, était-ce véritablement le terme qu'employaient les aides-soignants ou délirait-elle ? N'empêche qu'elle avait ce truc-là sous les fesses, que c'était douloureux de se contorsionner pour réussir à pisser et qu'il fallait se contracter de tous les côtés pour laisser s'évader trois gouttes. C'était maintenant au tour de l'orange de nimber le ciel. De l'urine s'échappait péniblement de son urètre. Les arbres avaient la bougeotte. Le zéphyr heurtait la vitre sans réussir à s'engouffrer. Bientôt, il ferait une chaleur lénifiante. Bientôt, Mauve oublierait le haricot, l'inconfort et les conversations téléphoniques de sa voisine de chambre. Bientôt, Mauve aurait sa dose d'oxycodone. En attendant, écouteurs vissés aux oreilles, la voix de John Frusciante s'étirait jusqu'à elles. *Dying* ou trois minutes quarante-sept d'absolue dépression mise en musique de la plus parfaite façon. Une chanson d'une efficacité redoutable pour pleurer ces larmes venues de loin.

Trois jours avant de se retrouver immobilisée sur un lit à Beaujon, Mauve avait décidé de regarder *30 ans sinon rien*. Elle croyait que c'était une sorte de classique de la rom-com mais en fait putain qu'est-ce que c'était chiant. À se tirer une balle le truc. Mauve était toujours torturée par cette méchante envie de disparaître, disparaître et mourir puisque Yaya et Didi avaient déserté comme les pires des enflures, alors bon elle avait laissé le film défiler. À quatre-vingt-douze minutes sur quatre-vingt-dix-sept, Mauve avait mis pause. *Quel suspense insoutenable.* Elle avait eu faim et soudain manger était la chose la plus urgente qui ait été, son estomac la violentait comme un enfant capricieux bourrant de coups de poing sa mère dans *Super Nanny*. Pâtes. Ketchup. Emmental râpé. Sel. Poivre. Crème fraîche. Huile d'olive. Encore plus de fromage. Encore plus de sel. Remuer. Manger. Mauve salivait déjà. Elle s'était extirpée de sa couette, Dieu qu'il faisait chaud, elle avait posé les pieds sur le premier barreau de l'échelle de sa mezzanine. Ses mains n'avaient eu le temps de n'attraper que du vide. L'instant dans les airs avant de s'écraser avait été foudroyant de clairvoyance : saisie par l'imminente, l'absurde chute, elle s'était dit : *Alors je tombe, alors je tombe pour de vrai, c'est aussi con que ça.* Et puis, très vite, les bruits de son corps rencontrant le plancher avaient éclipsé les pensées et encore plus vite les bruits secs, mats, avaient eux-mêmes été occultés par le cri. Près de trois mètres, à plat dos. La douleur s'était abattue sur elle comme un extraordinaire chien, un terre-neuve tiens, ou non plutôt comme un ours, un ours qui lui aurait sauté sur l'estomac pour un plaquage en règle. Elle n'avait pas vu les cinq dernières minutes de ce film de merde. Elle n'avait pas, non plus, englouti les spaghettis fantasmés. Elle avait, par contre, eu le droit à cette drôle d'impression, celle de lutter pour sa vie pendant les vingt minutes qui l'avaient séparée de l'arrivée des pompiers. Pas de chance : l'évanouissement n'avait pas été au rendez-vous, la nausée renversante, les bouffées de chaleur démentes et les sueurs froides en simultané, si.

Après l'opération de la colonne vertébrale, quand Mauve avait commencé à reprendre des forces, elle s'était mise à écrire un putain de journal de rage. Soûlée, soûlée d'être soûlée, fatiguée par ce qui l'envahissait dans la poitrine, le ressentiment, la déception en intraveineuse et la trahison qui lui écrasait les organes vitaux. La plainte des os brisés, le cri du dos fracturé, le braillement de la colonne vertébrale massacrée ; voilà ce qu'elle déposait dans son carnet. L'écriture était brouillonne, écumante, déchaînée quand elle se réveillait entre deux prises d'opioïdes. Et puis, il y avait ce rêve, le même, chaque nuit. Dans un jardin inconnu, elle délogeait les lourdes pierres qui retenaient la terre et les racines des arbres. Elle regroupait au sol ces demi-cercles imparfaits, posait d'autres pierres en leur centre, balançait des brindilles, du bois, des fleurs moches et embrasait le tout. Ça la chauffait et ça la réchauffait, elle regardait le brasier devenir flamme au ralenti ; elle voyait également la scène de l'extérieur et observait le feu grandir dans l'oblique de ses propres yeux. C'était la rage qui croissait en son sein. C'était le feu qui grandissait et chaloupait. C'était la rage qui croissait et la régénérait. C'était le feu qui grandissait pour venir lui roussir les cheveux. C'était le chaud qui se dégageait pour lui pénétrer le dos. C'était le feu qui chaloupait pour la délier, lui dégourdir les articulations, lui faire crépiter la peau et lui chatouiller les joues comme autant de fourmis bienfaitrices. C'était le désir qui déflagrait. C'était Mauve qui commençait à bouillir. C'était la transformation qui s'opérait : la peau brunie se délitait, les pupilles fougueuses fondaient, et la rage exquisément la consumait. Quand elle se réveillait, ses tripes la démangeaient, une émotion étrange la bousculait. La colère la poussait à rayer de la carte celles et ceux qui lui avaient fait du mal. Adieu, Yaya. Adieu, Didi. Adieu aussi, les compromis pour plaire à sa mère. Adieu, les études supérieures qu'elle aurait dû débuter en octobre. L'intransigeance comme nouvelle compagne, l'ire comme moteur entraînant et la promesse qu'elle ne se laisserait plus jamais toucher ni emmerder par personne.

2

Booba serine que *Taffer de 9 à 5 pour* [lui] *c'est pas la vie.* Mauve monte le son, sa passagère dort. La voiture trace dans le noir. Elle boulotte sa première Pom'Potes (pomme-passion-fruit du dragon). Les courses jusqu'aux aéroports, Orly, Roissy, Beauvais, font partie de ses préférées, il n'y a jamais foule la nuit et les passagers sont tranquilles. Elle casse une ampoule de propolis d'un coup de canine et en avale le contenu, important de préserver ses défenses immunitaires à l'approche de l'hiver. Rasade de café beige, Mauve dégaine une deuxième Pom'Potes (pomme-pêche blanche-touche de jasmin) et remplace Booba par Adele. Après tout, n'est-ce pas ce dont elle avait presque toujours rêvé : écouter *Rolling in the Deep* à la balle le long des banlieues brumeuses ? Après son opération de la colonne vertébrale, le retour au 59 rue Custine l'avait dégrisée. La rage s'était retirée telle une vague qui part au loin tout en se sachant vouée à se reconstituer, plus tard, au large, pour mieux submerger la côte, raser le littoral, tsunamiser les terres. En elle, tout était devenu calme, trop calme, calme et triste, océan plat, morne plaine. La violente envie de torturer Yaya et de battre à mort Didi, mais de loin et jamais avec ses mains à elle, la brutale tentation de déverser sa haine par texto, de les abreuver de vérités assassines, de les détruire à coups de mots pour qu'ils partagent son malheur, eux qui semblaient s'en moquer, qu'il les contamine et qu'ils ne soient plus que peine, cette terrible envie de les accabler pour qu'ils s'effondrent, pétris de regrets, hantés par la culpabilité, cette impétueuse démangeaison, cette cruauté comme réflexe de survie l'avaient quittée.

Mauve était hébétée ; habitée par une colère désabusée, une aigreur refroidie. Elle souffrait encore. La douleur du corps avait remplacé la douleur du cœur. Didi et Yaya lui paraissaient loin et lointains. Un mauvais rêve, plus la force de s'y harponner, et puis le dos la lançait trop, le dos mais aussi le ventre, tous ses organes chamboulés criaient leur blessure, et qu'advenait-il de l'amour et de l'amitié dans cette cacophonie corporelle, plus grand-chose, quand on souffre, on s'en fout. Mauve vivait terrée chez elle, *hikikomori* par défaut, retranchée faute de mieux. Son refuge : le clic-clac éclaté sur lequel sa mère dormait depuis des années, trop compliqué de remonter à l'échelle de sa mezzanine alors Adélaïde s'y collait. Encouettée devant la télé, elle regardait des émissions sans pour autant s'y attacher, couvant l'écran flou comme un paysage de zone industrielle qui aurait défilé trop vite derrière la vitre du train. La journée, elle sombrait devant les programmes rediffusés : *Nouveau look pour une nouvelle vie, Allô Nabilla à Tokyo, Joséphine, ange gardien* ou *Secrets d'Histoire*. Parfois, *Les Marseillais* et Jessica qui donnait toujours d'amicaux conseils à ses camarades sudistes : *T'as pas de cerveau, va dans la piscine, va te noyer.* Mauve aurait bien voulu se noyer mais où puiser la force de marcher jusqu'à la piscine Georges-Drigny pour couler. Marcher la faisait souffrir atrocement. Marcher l'étourdissait et menaçait de la précipiter face contre terre. Marcher n'était plus pour elle.

Chaque matin, Mauve attendait les piqûres contre l'immobilité de la gentille infirmière qui ressemblait à Lisbeth Salander. Cette intervention pour fluidifier son sang et éviter la cascade de coagulation était son seul contact humain en dehors de sa mère. Plusieurs fois, elle avait entendu la voix de Yaya à la porte et s'était cachée, furieuse, en s'engloutissant tête comprise sous la couette. La dépression tapait sévère; évidée d'émotions, de sa substance, de cette moelle, elle jouait sur son téléphone, Tetris, Twenty, elle imbriquait, empilait, les cases de couleur, *ah ça va trop vite, c'est la fin*, et puis elle fermait les yeux, dormir la distrayait. Mauve savait qu'elle allait laisser passer la rentrée d'octobre : elle disait à sa mère *l'an prochain* tout en pensant *jamais*. Adélaïde était aux petits soins avec sa grande fille de dix-sept ans et demi redevenue tout bébé. Elle lui apportait des compotes parce que l'arôme des fruits mixés-sucrés était la véritable odeur des bébés, celle précieuse de l'enfance. Ça lui était venu comme un éclair : *Mauve a besoin de compotes pour guérir.* Les Pom'Potes c'était facile à manger et au moins elle avait un truc dans le ventre. Adélaïde faisait également des mini-financiers au beurre et à la pistache, ça aussi, ça passait plutôt pas mal. Et chaque soir elle lui apportait un lait chaud avec du miel crémeux toutes fleurs et lui faisait la lecture. Mauve posait la main sur la cuisse de sa mère et écoutait les histoires du *Dictionnaire amoureux des faits divers* de Didier Decoin. Adélaïde lui avait montré, un jour de désespérance plus perçant qu'un autre, une modélisation de l'opération sur Internet. Deux *spinejacks* pour entourer la vertèbre cassée, comme des béquilles, une coulée de ciment et le tour était joué, c'était fabuleux ce dont la science était capable, bien sûr qu'elle allait se remettre, elle était déjà très courageuse, le pire avait été évité, il fallait attendre que le corps assimile le choc et accepte la réparation. Au fil du temps, la grève de la parole s'était faite moins féroce. Les quotidiennetés infimes et minuscules donnaient matière aux mots. *Ah oui du riz pourquoi pas. D'accord. Tu pourras racheter du lait.* Mauve réussissait à se tenir debout de plus en plus longtemps. Elle comprenait mieux ce qui passait à la télé et l'éteignait plus souvent. La nuit, car c'était le moment où elle se sentait le mieux, Panino sur le ventre, la respiration bruyante et rassurante d'Adélaïde en fond sonore, elle se faisait maintenant la lecture elle-même – elle avait commencé par un livre de Chimamanda Ngozi Adichie, puis deux, puis tous et elle bénissait de tout son être l'existence de la merveilleuse autrice nigériane.

Le déclic était venu fin février, près de six mois après l'accident. Mauve avait ouvert les yeux sur un soleil blanc, velouté, qui donnait à l'atmosphère un air de barbe à papa. C'était un matin à rester éveillée malgré la fatigue, à fermer les paupières, les rouvrir, à veiller les cristaux de poussière qui voletaient dans un rai de lumière. Quelque chose de reposant flottait dans l'air ; Mauve avait renvoyé dans les cordes l'idée de mettre Franceinfo, résisté au réflexe d'allumer la télé. Après avoir observé le silence, sa douce qualité, après avoir étiré ses doigts de pied, ses chevilles, son torse, après avoir caressé son visage et massé son cuir chevelu, Mauve, qui n'en avait plus écouté depuis des lustres, avait mis de la musique divine. La voix soyeuse de Frank Ocean avait empli la pièce – étoile parmi la poudre d'étoiles en apesanteur. La remise en mouvement s'était amorcée. Sentant une once de désir, elle avait débusqué son carnet à la peau taupe coincé derrière le bazar d'une étagère et attrapé un Bic bleu décapuchonné. Longtemps qu'elle n'avait pas tenu un stylo. Elle avait posé les quelques paroles qu'elle réussissait à intercepter des chansons *Solo, Pink + White,* et *Nights*. Elle s'était appliquée à former les lettres, vaporeuses et fermes, un peu ratées sous la pression des doigts, avait gribouillé des dizaines de tourbillons dans les coins des pages, esquissé un lampadaire, une colonie de mouettes et une flopée de rochers. Frank Ocean rallumait des étincelles de vie au creux de son ventre, l'étau se desserrait, elle respirait de l'intérieur, elle respirait pour de vrai. D'abord sur la pointe des pieds, l'idée était venue : voir dehors. Ensuite, l'affolement s'était invité, la trop grande crainte de croiser Didi ou Yaya l'avait découragée. Enfin, l'évidence s'était imposée : la putain de nécessité de quitter le clic-clac et l'appartement étriqué du rez-de-chaussée, d'échapper aux pavés, aux poteaux, aux panneaux, aux fenêtres, aux rigoles d'égout, aux voisins, à leur tête, toujours leur foutue tête, à leurs questions, au boulevard, surtout au boulevard, aux invectives, aux *Souris-moi* et aux bouteilles en verre qui deviennent projectiles quand tu restes impassible.

3

Alors qu'elle roule, Mauve se souvient comme le quartier lui était devenu irrespirable, elle se souvient de l'urgence de fuir les rêves inventés dans sa ville chérie, elle se souvient du crève-cœur et du nouveau crève-cœur, elle se souvient qu'il ne lui était Paris que de Yaya et Didi, elle se souvient de la crainte intolérable à l'idée de les croiser, eux qu'elle exécrait alors, elle se souvient que tout hurlait leur bonheur perdu, elle se souvient que c'était l'enfer qui pulsait dans ses veines. Mauve avait ressenti l'envie de défaire la ville brique à brique – l'écouter tomber. Mauve avait décidé de sauver sa peau, s'absenter, battre en retraite. Mauve en avait eu marre de vivre claquemurée au cœur des lieux qui avaient été communs et qu'elle ne se sentait pas la force de réclamer. Les devantures de magasins, la librairie des Abbesses, la libraire de la rue des Martyrs, la librairie de la place de Clichy, les cafés et les recoins, *ah les recoins surtout*, tous ces passages préservés du flot des touristes, le macadam longuement arpenté, la boulangerie bleue, les marches, les marches, les marches, les marches qui étaient l'âme de la butte, les terribles marches du haut de la rue Tholozé, donnant sur le moulin de la Galette, celles-là en particulier la rendaient malade car elle s'y était de trop nombreuses fois assise avec Didi et Yaya pour admirer la vue dégagée, le ciel tanzanite et les comètes opalines.

4

Un dimanche neigeux de décembre 1996, Moshé, espèce de Zeus magnifique, grand bonhomme tout droit descendu de l'Olympe à la barbe argentée et aux cheveux perle d'acier, avait débarqué rue Custine et découvert sa fille devenue mère ainsi que cette ange aux iris sombres, sa petite-enfant. Il s'était étonné et amusé que l'épais grain de beauté qu'il portait comme une brûlure à la joue droite ait sauté une génération pour se poser délicat comme une mouche au même endroit sur le visage de Mauve. Dix-huit années plus tard, elle se tenait au volant de sa Mercedes, un franc sourire aux lèvres, le clin d'œil au bord de la paupière, facétieuse alors qu'elle accélérait, obsédée par l'idée de trouver un parking assez désert pour s'entraîner à faire des *burns.*

Mauve était partie chez Moshé. Ça avait été sa solution pour éviter Yaya, pour éviter Didi. Dans ce coin de Bretagne, la lumière changeait à une vitesse folle, il pleuvait, il grondait et tout d'un coup le soleil se pointait, déchirant. Ça ne cessait de fluctuer et ça occupait Mauve lorsqu'elle levait le nez de ses livres. Dans la chambre qu'elle occupait, elle avait construit une véritable forteresse d'ouvrages, les disposant en piles autour du lit. La bibliothèque vidée, le grenier fouillé, la librairie dévalisée, elle exposait ses trésors ; besoin de les sentir tout près, de leur compagnie, de leur poids dans ses mains, dans son sac, sur son oreiller, et surtout de les garder à vue.

De la fin de l'hiver au début de l'été, Mauve avait vécu là-bas dans une rêverie languide, enveloppante, doucereuse. Elle avait retrouvé les plaisirs de l'enfance : la lecture et la contemplation – l'absorption du monde par les yeux : les couleurs, la rosée, les fleurs et les cailloux, les galets et les coquillages. Mettre les pieds dans l'eau, avec les chaussures, se moquer d'être trempée, détrempée. Récolter les panais et les épinards du jardin, les trancher, les faire revenir à la poêle. Couper la ciboulette aux ciseaux, en mettre partout. Cuisiner des omelettes baveuses aux pommes de terre rissolées et aux échalotes. Faire des plateaux-télé et s'installer dans le vieux canapé pour regarder les séries policières françaises sur la 3 avec son grand-père. L'après-midi, se glisser sous les couvertures qui grattent, rideau ouvert, et guetter les éclaircies comme les tempêtes. Somnoler en attendant le bon moment pour aller se promener. S'allonger dans l'herbe haute, s'enfouir les pieds dans le sable gelé. Prendre des douches brûlantes en rentrant frigorifiée et se savonner avec un savon inhabituel. S'installer dans la véranda pour regarder les vaches dans le champ voisin. Manger des gâches tartinées de bon beurre salé et de confiture de rhubarbe. Découvrir les premiers *Fast and Furious*, s'enthousiasmer méchamment et commencer à conduire le quad, puis la voiture. Moshé lui avait foutu une paix royale. Sauf pour la conduite. Il avait décidé que l'habitacle serait le lieu de la transmission, du savoir mécanique et pratique, des anecdotes, des conseils. Mauve avait passé le permis en accéléré, en vingt et un jours c'était plié.

5

Dépose-minute. La dame s'empêtre dans son pashmina tangerine sur lequel elle a refermé la portière. Mauve finit de sortir les valises, s'avance pour la décoincer, preuse chevaleresse. Elle lisse la trop longue écharpe d'une paume assurée, la détend, *tchak,* puis l'enroule méticuleusement autour du cou de sa cliente rougissante. Mauve dégaine son sourire qui chahute, elle prend le temps de faire son petit effet toutes dents dehors. Obligé, c'est le moment choisi par un connard pour la bousculer. Le type s'arrête à peine, la toise, tout dans son attitude hurle : *J'ai un vol à prendre et c'est plus urgent pour moi que pour quiconque.* Ah, l'occasion est trop belle. Mauve le stoppe en proférant, cinglante : *Y a moy' de pas me briser les os ?* Elle a très envie de s'emporter. Mais le mec s'excuse, s'excuse pour de vrai. Alors, bonne joueuse, Mauve ravale sa morgue. Elle sirote une Pom'Potes (pomme-abricot-touche de fleur d'oranger) pour se calmer mais les têtes des gens autour d'elle la défient. Ça la fatigue d'avance, elle a déjà eu son lot de clients qui l'ont prise pour une demeurée cette nuit. Pas envie qu'un nouvel homme se dresse entre les sièges avant pour vérifier qu'elle prend *la bonne route* en l'appelant *mademoiselle* à tout bout de champ ; pas envie d'un lourdaud qui tend le cou à l'extrême pour vérifier chacun de ses faits et gestes et s'amuse à commenter son cache-volant imitation peau de léopard ; pas envie d'un relou qui lui demande son numéro ou si elle veut monter chez lui une fois arrivé à destination. Le pourcentage des hommes irrespectueux éclate de si loin celui de ceux qui sont simplement décents que Mauve se prend à rêver de faire de son taxi un lieu de non-mixité. Tiens, ça, ça la radoucit. Mieux que la Pom'Potes.

Y a pas à dire, Mauve préfère les clients qui dorment. Leur discrétion, leur réserve, leur mutisme. Que de belles qualités. Pas de hasard dans le choix de bosser la nuit : des personnes silencieuses car somnolentes y en a plus que le jour. Pour Mauve, le goût de la nuit va de pair avec le dégoût des gens. Mais pas que. Bien sûr. Elle aime la noirceur, l'opacité, l'absence de lumière, non pas l'absence de lumière, la présence de lumières artificielles, et les fringales sucrées qui sont tellement plus plaisantes à quatre du mat' qu'à l'heure légale du goûter. La nuit, c'est la sécurité. La nuit, c'est la paix. Mauve n'en démordra pas. La tranquillité qu'elle y associe vient de loin, des trajets incessants direction la Bretagne pour retrouver Moshé alors qu'avec sa mère elles partaient entre vingt-deux heures et minuit. Mauve était incapable de dormir, trop occupée à laisser libre cours à la joie, à une joie dense et vaste. Sereine aussi. Confortablement installée à l'arrière, posée, elle éprouvait en sa qualité d'observatrice cette pensée qu'elle chérissait comme un trésor : *Rien ne peut m'arriver puisque le monde est sur pause.*

X

Yaya meurt d'envie d'un massage au cerveau, un massage en profondeur pour lui délasser les neurones. Toujours bloqué au pavillon 38, il se rappelle les temps anciens comme s'ils n'avaient jamais existé. Il les fait revivre, les projette contre le plafond écru, les regarde, perdu et transporté dans ces vieux diaporamas. Après le mortifère, il s'était mis à ressentir la frénésie. Frénésie de travail tout d'abord, la prépa avait été le lieu idéal pour s'absorber tout entier ; il n'avait pas eu à se forcer tant que ça pour devenir la version la plus méthodique de lui-même. Apprendre par cœur le structurait de l'intérieur. Les milliers de pages fichées qui devenaient des centaines de pages à retenir l'ordonnaient. Mais il avait dû prendre sur lui pour tenir le coup face à sa mère, pour donner le change et être encore et toujours le fils sur lequel elle pouvait compter. Sa soupape avait été la nuit ; elle réveillait ce boyau – ce truc électrique dans le ventre – qui lui intimait de déborder. Yaya recherchait ardemment les trous de mémoire. Alors Yaya buvait. Déchaînement d'alcool pour gommer la violence de l'inconfort. Il s'arrêtait dans des bars gays aux lumières colorées. Les murs de pierre le rafraîchissaient, les guirlandes qui clignotaient le rassuraient. Yaya aimait les néons, les reflets sur les visages, le rouge, le bleu, le jaune, le vert et le rose. Il regardait les ombres se former et commandait des vodkas get. Il appréciait la transparence gluante et lourde de l'alcool, l'air saturé d'éther et de transpiration mâle. Yaya s'asseyait d'une fesse sur un tabouret haut, toujours, le corps tendu, et attendait en avalant, la relâche. Yaya se défaisait avec grâce. Ses boucles accrochaient l'air, il détachait trois boutons de sa chemise lâche. *She told me her name was Billie Jean, as she caused a scene.* Chaque tête qui possédait des yeux se tournait vers lui, il y avait quelque chose d'insolent chez Yaya, quelque chose qu'il ne maîtrisait pas. Et puis Yaya se réveillait et il avait des souvenirs au goût d'enfer.

À l'étage d'un restaurant, assis sur un banc de bois face à une vitre comme une baie donnant sur un immeuble du Marais. Il revoyait la scène sans entièreté : un homme, deux hommes peut-être. La chaleur augmentait à mesure que le jour se levait. Yaya était torse nu, des plaies autour des tétons, sa ceinture en cuir remontait sur sa taille, s'incrustait et marquait la peau dorée, le jean trop grand. Il révisait plus fort alors, il enfouissait son esprit sous ses leçons, cherchant à écraser l'image noire jusqu'à ce qu'elle vienne triompher et qu'il doive la reléguer à l'arrière-plan à coups d'ivresses insensées. Yaya buvait jusqu'à ne plus savoir ce qu'il faisait, ce qu'il disait, Yaya buvait pour partir de son corps, de sa tête, pour se laisser être et enfin respirer. Il buvait pour se déposséder, pour qu'ivre mort ou endormi les yeux ouverts, il puisse s'absenter. Yaya cherchait à se perdre et à tout perdre de lui. Yaya couchait avec tout le monde. Yaya baisait frénétiquement, les hommes, les femmes, les hommes. Yaya exultait.

L'été après la khâgne, il avait été engagé au McDo de Barbès-Rochechouart. Il y travaillait trente heures par semaine. Il faisait du roller, aussi, mû par ce besoin de tremper sa chemise, de poursuivre un soleil couchant qui étincelle d'or, une nécessité. Nécessité qu'il payait par l'épuisement fatal de la soirée qui forcément arrivait, de la journée qui forcément s'éteignait. Le soir, il n'arrivait plus à dormir, alors il concoctait des potions de salade, carottes, pommes, levure de bière, oranges, bananes, framboises, tomates, jeunes pousses, le tout bien mixé et transvasé dans de grandes bouteilles en plastique transparent. Le lendemain, il proposait à ses collègues de goûter ses cocktails alors qu'il arrivait à six heures du matin sur ses rollers. Yaya faisait de son mieux. Il essayait d'être droit, stable, un mec correct. Il avait peur de finir cause désespérée, il se raccrochait à l'idée de toucher l'horizon en roulant, toujours plus vite, toujours plus fort, toujours plus loin. Un jour d'août, il avait eu froid. Il avait utilisé sa pause de vingt minutes à courir partout, il était entré dans un parking souterrain. Essoufflé, luisant, ses boucles trempées tombant sur ses yeux salés, il avait voulu s'acheter une polaire, à mettre sur son uniforme, il s'était perdu. Et puis, les mois passant, il s'était rendu compte que, dans la rue, chez lui, au travail, le froid ne l'atteignait plus. Il pouvait enfin se conduire comme un humain normalement constitué face à la météo, il n'avait plus à empiler les huit couches de pulls qui le transformaient, rituellement, en oignon. Yaya avait eu très envie qu'on le trouve beau. Sa peau l'obsédait, ses cheveux le rendaient dingue. Il prenait d'innombrables compléments alimentaires, collectionnait les bijoux. Il fumait des cigarettes à foison. Des Winston bleues qui lui rappelaient un voyage en Sicile au lycée à une époque où il n'était pas encore officiellement un vrac ambulant, à une époque où les clopes coûtaient quatre euros et où Mauve mangeait des *arrancini* par douzaine. À chaque taffe il ressentait un soulagement intense, chaque inhalation était une pure décharge mortelle de nicotine, pénétrant ses tissus pulmonaires, ses muqueuses aériennes supérieures et créant la grande accalmie. La quiétude absolue. La cessation du stress qu'il localisait dans son cœur, pas du stress à proprement parler, mais de ce petit feu interne qu'il faut savoir apaiser.

Yaya avait arrêté de boire – un temps. Il avait compris que c'était du poison et avait besoin d'être en pleine possession de ses moyens. C'était la première fois qu'il l'était. Il travaillait au fast-food, il peignait, il faisait des collages, il créait des mondes lumineux dans des bocaux de verre plus ou moins grands, des aquariums, des décors miniatures avec les jouets piqués dans les Happy Meals avec des fleurs et des branches qu'il faisait sécher, avec du coton qu'il transformait en nuage, il remplissait un petit monde d'eau, et il y mettait du colorant alimentaire, le bocal devenait indigo, ocre ou marais. Il posait des installations lumineuses et iridescentes, laissait sombrer des pierres de Sifnos et des coquillages de Carnac. Il croyait, aussi, que les huiles essentielles étaient la solution à tous ses problèmes. Il en balançait dans son bain, sur ses tempes, sur sa langue, sur un sucre. Elles lui offraient une résistance exceptionnelle à ces maladies qui l'avaient toujours entouré et pris d'assaut. Yaya était devenu invincible. Il utilisait des Cotons-Tiges en quantité industrielle pour les oreilles de Souvlako qui secrétaient trop de cérumen, comme pour les siennes. Et puis, Yaya n'avait plus eu besoin de manger ni de dormir.

Yaya était devenu un équipier polyvalent de qualité. Doué, beaucoup trop doué. Il rendait la monnaie à une vitesse folle. En salle, il réglait les conflits avec les clients énervés par les toilettes insalubres ou la machine à glace hors service. Il se liait d'amitié avec les dealers qui squattaient le McDo en permanence et leur souriait toujours plus fort. En cuisine, il s'échinait à être le plus performant possible, assemblait les burgers sans erreur et plongeait les frites et les nuggets dans l'huile crépitante. Un jour, alors qu'il devait aller bosser et que son réveil retentissait plus fort que les léchouilles de Souvlako, il s'était réveillé en sang. Son entrejambe, il le savait, était tout rouge, son sexe coulait. Dans son ventre, c'était une descente d'organes, il le sentait, ça s'échappait de son corps. Yaya avait appelé l'hôpital. Il avait expliqué qu'il se vidait et ne pouvait plus bouger. *Non, il ne pouvait pas venir jusqu'à Bichat, ou même Lariboisière.* La marée de sang était montante, entourant maintenant ses flancs. Une ambulance avait été envoyée à son adresse et Yaya avait atterri aux urgences psychiatriques car du sang, il n'y en avait trace.

XI

1

En fait Mauve s'en fout du service client. Si t'es un connard, c'est pas de droit. Elle décoche des regards de mort dans le rétro : le mec à l'arrière est un excité de la lime à ongles, c'est dément. Il frotte il frotte il frotte *schschschschschs* est-il en train de s'attaquer à la chair *schschschschschs* possible *schschschschschs* dix fois qu'elle remet son podcast en arrière *schschschschschs* elle n'arrive pas à entendre *schschschschschs.* Mauve dépasse le panneau « Cœur d'Orly », il est temps d'adopter une conduite sportive, efficace et de remettre son passager à sa place, qu'il finisse par lâcher sa lime et boucler sa ceinture. Elle enfonce l'accélérateur, elle n'aime pas faire des dingueries mais faut bien avancer et là elle n'a pas le choix alors elle double par la droite, une fois, deux fois, trois fois, elle trace, sans pitié avec ceux qui lambinent. Arrivée porte de Clignancourt, la sirène des pompiers retentit, faut se bouger, elle peste, exaspérée par les conducteurs qui ne se décalent pas pour les laisser passer. Son client se tait, il observe le brouhaha de couleurs et de sons par la vitre. Elle se rappelle ses débuts sur la route, elle était déjà frondeuse mais forcément elle s'imposait moins. Ça avait été une nécessité de se mettre dans le personnage, comme dans le rap, faut prétendre, faut jouer le rôle de la dure à cuire, faut se dire *peur de rien je suis la boss.* Mauve n'avait pas eu à faire un gros travail de composition pour devenir la Liza Monet du volant. Son passager a une demande, il veut savoir si elle nettoie souvent sa voiture, Mauve lève les yeux au ciel, soit il a tout dégueulassé, soit il juge qu'elle est crado, dans tous les cas ça ne va pas. *Qui lave sa voiture à part les gens qui tuent?* Elle l'ignore superbement, redémarre en trombe.

2

Retour à l'aéroport. Terminal 4. Une mère et son fils montent à bord ; ils reviennent des Antilles. Le livre que tient l'enfant contre sa poitrine lui coupe le souffle. Tout en roulant vers le centre de Paris, elle l'épie dans le rétroviseur central, ses yeux dérapent sur le garçon et le livre, elle ne peut s'en empêcher. Il tourne les pages de l'album malgré l'obscurité et les lampadaires qui éclairent par intermittence. À mi-chemin, Mauve n'y tient plus et lui lance avec un sourire un peu flippant : *Ça te plaît ?* Il opine vigoureusement et la mère hausse les mains au ciel lâchant : *Ah ça oui, il ne le quitte pas.* Il est sept heures dix-sept quand Mauve se prend les pieds dans le paillasson du 59 rue Custine ; une odeur chaude de brioche embaume l'appartement. Adélaïde s'affaire, finit de préparer le café en chantonnant *L'Aziza.* Un regret étreint Mauve alors que le beurre salé fond et imprègne la mie de sa tartine. La mélancolie baigne son cœur, elle pense à ce qu'aurait pu être sa mère, à ce qu'elle aurait pu faire, difficile de faire la paix avec cette immense sensation de gâchis. *Faut pas mettre de couteau dans le pot d'miel, j'te l'ai déjà dit, c'est pas feng shui... Prends une cuillère. Ah et j'irai te faire le stock de*

Pom'Potes tout à l'heure, y en a presque... Mauve interrompt Adélaïde pour lui annoncer qu'Antiféroce vit encore. Elle marque un temps, lèche le couteau au miel, ménage son effet. Adélaïde la scrute comme si elle avait perdu la boule, les lunettes sur le bout du nez, menaçant de tomber dans son *English Breakfast*. Mauve sent que sa mère ne comprend pas et qu'elle est à deux doigts de repartir sur l'harmonisation énergétique de la cuisine, alors elle embraie : *Je l'ai vu, dans mon taxi, un enfant l'adore. Il était tout bousillé, lu, relu, mordillé, comme pour moi à son âge, pas mal non.*

3

Parfois Adélaïde se dit que ce métier, c'est la pire chose que Mauve pouvait lui faire. Ses raisons tiennent en deux mots : mortalité routière. Non, Adélaïde abuse, il aurait pu y avoir pire : qu'elle conduise une moto-taxi. Là ça aurait été la catastrophe intersidérale. Veto absolu. Mais bon, elle avait assez martelé à sa fille que les deux-roues étaient contre-nature et la catastrophe intersidérale avait été évitée. Heureusement, aussi, que l'enfance de Mauve avait échappé au fléau de la trottinette électrique. Adélaïde avait fait une mini-attaque la première fois qu'elle avait vu un gamin sans casque rouler à toute vitesse sur cette chose. Elle se souvient avoir pensé : *On cherche à tuer nos enfants.* Adélaïde connaît sa fille, déjà qu'elle est d'une impatience crasse en voiture, elle a beau lui répéter à longueur de trajet : *Mollo haricot,* Mauve est toujours à embrouiller la personne devant quand elle ne démarre pas à la fraction de seconde où le feu passe au vert : *Allez go, go go go go, bouuuuuuge-toi,* ça lui donne des frissons rien que de l'imaginer zigzaguer et doubler sur une trottinette pouvant monter à cent kilomètres heure. *Ja-mais de scooter m'entends-tu chou cabus?* lui avait-elle dit à ses trois mois alors qu'elles attendaient le bus devant la gare du Nord en papotant avec deux jeunes SDF. Ils s'étaient approchés, aimantés par le bébé, l'un d'eux, un grand Noir souriant, avait soufflé : *Moi aussi j'en ai. J'en ai trois. Je les aime.* L'autre avait ajouté : *Faut bien les couvrir. Pas qu'ils aient froid.* Et là *bam*, juste devant eux, un scooter avait dérapé et sa conductrice avait méchamment percuté le sol, roulé-boulé, pompiers, pronostic vital engagé. Une peur violente du genre tenace et dégueulasse avait envahi Adélaïde. *Le danger est partout.* Elle avait exfiltré Mauve de sa poussette pour la prendre au plus près d'elle dans le sac kangourou. Puis elle s'était éclipsée, après quelques minutes d'hésitation à tanguer sur ses pieds. Elle avait marché sans faire attention au chemin, une drôle de balade hantée par la terreur et les phobies d'impulsion. C'est à partir de ce moment, alors qu'elle errait à pas rapides entre les ruelles de la Goutte-d'Or, qu'elle s'était mise à *voir* les drames – la possibilité du drame – *zou* la glissade, le fracas, *ah* la voiture, trop tard. Une fois rentrée, elle avait posé la jolie endormie sur le lit et la frayeur l'avait reprise : elle l'avait vue tomber sans qu'elle ait pourtant bougé. Adélaïde l'avait alors mise à même le sol sur une couverture : *Allez par terre pomme de terre.* Elle avait soufflé un bon coup, écouté son enfant ronfler comme un raton laveur bienheureux mais ça n'avait pas suffi. Les jours, les semaines, les mois suivants, elle s'était imaginé lui faire du mal. Malgré elle et à son corps défendant, sa tête lui envoyait des images de violence : *tiens* le bain, elle se noie ; *hop là* le coin de la table, la mare de sang, *bim* ça dérape et ça clamse. La maternité lui avait offert l'amour fou, déroulé des plages de liberté extraordinaire et voilà que s'invitait le spectacle épouvantable de la mort.

4

Adélaïde se rappelle cette année particulière, celle où tout a changé. Il y avait les yeux qui ne voyaient plus bien. Et qu'elle ne traitait pas. Il y avait le corps qui prenait toute la place. Et tout son temps. Il y avait les cheveux qui poussaient. Et s'assombrissaient. Il y avait le ventre qui durcissait. Et qu'elle ménageait. Ce drôle d'iceberg sur mer glacée. Et le volcan de l'estomac, éruptions sans interruption. L'attente, l'impression d'être Eugénie Grandet, cette héroïne d'un roman lu à treize ans et détesté. Lent écoulement du temps, insupportables jours qu'elle décomptait, secondes qu'elle regardait, minutes qui se bloquaient, et l'angoisse de ne pas y survivre. Adélaïde ne savait plus écrire, ne savait plus lire, ne savait plus déglutir, ne savait plus tenir (debout, assise, sur le côté ou le ventre). Elle était sale, du moins elle n'était pas propre. Ça n'avait aucune importance. Elle n'avait pas d'échappatoire, elle était clouée au lit, sur le dos. Elle ne pouvait pas se tourner à cause du fil dans le bras. Elle avait peur de bousculer le tuyau, que le cathéter s'arrache. Elle n'était pas rassurée quand le sang refluait, que tout devenait noir et qu'elle tombait tête renversée loin dans l'évanouissement. Elle préférait quand on lui bandait le tout, quand on lui cachait ce qui entrait et sortait de son avant-bras. Elle n'avait pas la chance de dormir pour partir, son cerveau l'embrouillait dès six heures du matin, lui soufflait qu'elle n'était plus capable de respirer. Elle paniquait, elle se redressait, elle se mouchait sans succès, elle avalait tout par la bouche, elle était seule et elle avait peur, elle s'étouffait, le nez pris, l'affolement enflait, elle voulait juste une trêve, les journées en suspens ne pouvaient pas durer vingt heures, elle avait besoin que le sommeil l'emporte encore. Adélaïde, sa vie jusque-là, ça n'avait été qu'une histoire de naufrages et de vaches folles. Encéphalopathie spongiforme bovine : ça la hantait toujours six mois après. Le radeau de *La Méduse* : ça la bouffait encore. Le 21 mars 1996, les Britanniques parlaient et disaient le vrai. Onze millions de vaches à tuer, le *Titanic*. C'était le début de sa grossesse, elle gobait des tartares, y avait que ça qui passait. Des images d'inquiétude diffusées sans répit, toutes ces vaches comme autant de Bambi défaillants, l'Europe en pente savonneuse, marcher sans s'effondrer, malgré le système nerveux dégénéré. Adélaïde désirait qu'enfin une grossesse aboutisse et elle voyait cette histoire comme un mauvais présage, un obstacle qui compromettait sacrément ses chances ; de nouveau. À quarante-deux ans, Adélaïde savait qu'il n'y avait qu'à rester allongée, perfusée, médicamentée, hautement surveillée. Vu le nombre de fœtus violets sortis de son utérus – vraisemblablement hyper mortifère – elle se disait que c'était dingue quand même, elle tombait enceinte en un claquement de doigts et perdait les bébés en moins que ça. Cette fois, ça allait le faire. Elle acceptait d'incarner Eugénie Grandet, convaincue que l'attente allait lui apporter ce dont elle rêvait, que la fin allait être différente : l'immobilité allait payer et elle, elle allait l'avoir son amour perpétuel.

Adélaïde enviait les femmes paisibles, se disait qu'il fallait être complètement mégalo pour mener sa grossesse sereine, prise dans un délire de toute-puissance pour vivre ça calme et posée, sûre de son bon droit, sans avoir à se répéter comme une acharnée que tout allait bien, qu'il n'y avait pas de souci et qu'il n'allait pas y en avoir, qu'on confectionnait, olympienne, un être de lumière, sans même s'en apercevoir, sans jamais tressaillir ou souffrir, puisque c'était si naturel, puisqu'on était faite pour ça, voyons, zéro question à se poser, juste à profiter des coups de pied de bébé, clapotis gentil et heureux. Et préparer la chambre ! Passion déco-consommation pour toutes. Et les petits habits ! Lui parler pour lui dire merci et combien c'est sensationnel, merveilleux, une féerie sur neuf mois qui allait ensuite nous manquer toute notre vie, alors qu'elle, Adélaïde, les seuls mots qu'elle formulait étaient ceux qu'elle s'adressait à elle-même pour ne pas perdre la raison. Et puis, il y avait eu ça : journée brouillonne et barbouillée, levée inquiète le matin, recouchée aussitôt sur le canapé, drôlement nauséeuse. Adélaïde avait fait son sac, mangé une généreuse omelette composée d'une aubergine entière et d'un demi-saint-nectaire, combien d'œufs déjà elle ne savait plus mais elle se rappelait le délice, elle allait longtemps le garder en mémoire comme en bouche, le délice. C'est seule qu'elle était partie de chez elle, euphorisée. Sur le seuil, elle avait dégainé son Yashica : menton rentré, bras relevés jusqu'aux mâchoires, *clic* photo du ventre tendu dodu sous la laine prune, voué à se désemplir d'ici quelques heures. Excitation mêlée de frisson, elle connaissait le chemin à emprunter sans savoir à quoi s'attendre à l'arrivée. Elle était entrée à la clinique, la nuit d'hiver déjà tombée, le lieu déserté. Elle avait pris l'ascenseur jusqu'au quatrième étage, avec ses bagages, son bonnet à pompon sur la tête, son gros manteau, et on l'avait installée dans une salle de pré-travail pour faire un monitoring. Elle s'était endormie, paisible, crevée, on l'avait oubliée. Plus tard, on l'avait réveillée pour la mettre en chambre, *il faut attendre encore, ce n'est pas pour tout de suite*. Elle s'était installée, avait posé ses livres, son carnet, sa trousse sur la table de chevet, observé le fauteuil, s'y était assise, avait fait semblant de bercer un bébé ; c'était tout près mais ça lui paraissait tellement lointain, improbable. Une infirmière était passée lui donner une charlotte bleu clair, une blouse bleu foncé, il allait falloir enfiler tout ça, enlever les bijoux, prendre une douche – l'eau était froide, coupure de chauffage, Adélaïde ne la prendrait pas – ne plus boire malgré la soif qui tenaillait. Elle n'avait pas dormi, pas trop, elle était survoltée, elle avait guetté.

À l'aube, on était venu la chercher, elle n'en menait pas large. Le répit d'un nouveau monitoring, le reflet d'argent dans l'œil de l'anesthésiste et son sourire bienveillant alors qu'elle se présentait, et puis, *il faut y aller*, elle s'était levée, tremblante et nue sous le polycoton ciel qui tenait froid. Au bloc, c'était le pôle Nord, Adélaïde avait menacé de s'évanouir, on l'avait allongée les bras en croix. Elle avait claqué des dents, violemment, l'épouvante lui faisait perdre tout contrôle : secouée de tremblements, son corps tressautait, sa tête disait non. La passeuse et l'accoucheuse l'avaient relevée pour l'asseoir, *enroulez le dos, bien arrondi le dos, soufflez, on se détend.* Adélaïde avait rassemblé ses forces pour arrêter de convulser, une expiration, elle avait baissé la tête, courbé l'échine. La ligne médiane des épineuses avait été repérée au doigt, la zone nettoyée, aseptisée. L3, L4, viser juste, planter l'aiguille. Adélaïde avait hurlé de douleur, un *putain* sonore et éclatant, elle avait imploré, *à l'aide, au secours,* s'était débattue, on l'avait maintenue à quatre bras, lui intimant de se taire, *ça suffit.* Elle aurait aimé s'échapper. L'anesthésiste, elle, savait, elle voyait le raté et l'imprévu de la difficulté. Une fois, deux fois, trois fois, ça résistait, ça ripait, elle s'excusait, réitérait. Et puis, les huit centimètres d'acier avaient trouvé leur chemin entre les vertèbres, franchi la dure-mère et soudain la lidocaïne injectée dans le liquide céphalo-rachidien avait provoqué une décharge déchirante irradiant du long de la colonne jusque dans la fesse droite, un dernier cri avait accompagné ce supplice alors qu'Adélaïde avait l'impression d'être brûlée vive, rongée par l'anesthésique qui ébouillante, comme passée au napalm de l'intérieur, avant, enfin, de ne plus souffrir sous cet ombilic. En dix minutes, la paralysie totale avait été atteinte. On avait rallongé Adélaïde. Elle tremblait toujours comme une feuille. On avait dressé le champ opératoire stérile, drap Méditerranée, l'anesthésiste avait passé la tête au-dessus et Adélaïde avait plongé ses yeux dans les siens : des yeux qui étincelaient et tranquillisaient, des yeux qui disaient : *Tout va bien maintenant,* des yeux comme port d'ancrage alors que l'opération commençait et que l'angoisse étreignait. On l'avait éventrée : c'était la procédure. Adélaïde avait tendu l'oreille sans lâcher de vue l'anesthésiste qui regardait à la fois sa patiente et l'utérus à nu. Les pieds étaient sortis en premier. Adélaïde avait été heureuse d'entendre ça, *les pieds, donc il y a des pieds*. Le reste avait suivi, pas de pleur juste un petit bruit, la passeuse avait amené le bébé dans son champ de vision et l'avait posé près de sa tête. Adélaïde avait été interloquée et surprise, *c'est vraiment moi qui ai fait ça ?* Elle avait souri, heureuse que cette petite chose soit là devant elle, petite chose qui la fixait, stupéfaite de son immersion dans la vie aérienne, sourcil sans poil relevé comme si elle se demandait ce qu'elle avait à faire là, petite chose déjà parfaitement humaine, petite chose légèrement nauséabonde, *faites-lui un bisou, allez la maman,* Adélaïde avait apposé ses lèvres avec toute la délicatesse du monde sur ce joli crâne à l'odeur d'entrailles. *21 décembre 1996.* Première aurore d'hiver et elle était là. Dans la couveuse, vêtue d'une micro-couche, petite fille respirante, endormie les bras en l'air, la détente absolue. Elle prenait un bain de chaleur, nimbée par la douceur de ce soleil artificiel. Adélaïde pouvait être fière : nouvelle-née animée, moins colorée que les autres – oublié le zinzolin de la peau des enfants précédents à l'épiderme chagrin. Sortie de son ventre, celle-ci était mauve, simplement mauve, mauve fleur des bois, mauve pousse d'espoir, jolie vivace, alors voilà : c'était Mauve.

Jour un, nuit une, Adélaïde n'avait pas pleuré, elle s'était abîmée dans la contemplation. Il y avait tant à voir. Un monde à découvrir. Les petits bruits et gestes de Mauve ressemblaient à ceux d'un bébé dinosaure dont l'œuf viendrait d'éclore et rien ne pouvait plus la toucher que d'avoir enfanté cette drôle de bestiole d'amour. Adélaïde se fascinait de voir ses mains plus que minuscules remuer et venir frotter ses yeux. Poings fermés, poings dépliés, les doigts infimes et parfaits bougeaient, la bouche s'entrouvrait, des sons s'échappaient : c'était toute une aventure. Adélaïde n'avait pas sommeil, elle gardait Mauve, la veillait, la protégeait, la glissait dans le creux de son bras, la posait sur sa poitrine, refusait qu'elle dorme ailleurs que dans son giron, quelle idée que de la poser dans ce berceau d'hôpital dans lequel elle ne pouvait pas l'atteindre. Elle parlait à sa fille, lui relatait tout ce qu'elle accomplissait déjà – respirer, boire du lait, être adorable, agiter les pieds, expulser le méconium – lui décrivait tout ce qui se passait, où elles étaient, la couleur des murs, du sol, du ciel, la dimension des fenêtres, le nombre de carreaux au plafond, les rideaux, le plateau-repas ; elle en faisait des tartines, pire que le pire des incipit balzaciens. Le lendemain, Adélaïde avait eu les yeux humides. Elle s'était dit : *C'est drôle d'avoir un bébé*. Le soir venu, Adélaïde avait pleuré carrément. Elle avait constaté : *C'est beaucoup de joie*. Bien trop émue, elle n'avait jamais ressenti d'amour aussi fort, ça déferlait. Submergée d'émotion, dévastée par l'attendrissement, la présence de Mauve lui rétamait le cœur. Et puis : flots de sanglots qui avaient déboulé sans raison, Adélaïde s'était effondrée dans ses larmes. Le *baby blues* avait fait son entrée, fracassante. Immense bonheur et qu'il était fragile. Adélaïde s'était donné une règle : garder en tête impérativement que les pensées négatives n'étaient pas la réalité, que le cerveau lui envoyait des trucs sombres limite immondes mais qu'elle n'était pas condamnée à les vivre, que les humeurs changeaient, que les hormones chutaient, que la déprime ne serait pas éternelle. Sa grosse chatte noire à poils longs était venue s'installer dans le lit et Dieu qu'est-ce qu'elle puait. Bilimbi ne gérait pas encore parfaitement la toilette postérieure, Adélaïde n'avait pas le courage de se relever pour lui passer l'arrière-train au pommeau de douche et démêler ce qui était poil de ce qui était merde. Mauve était assoupie. La pluie tombait en trombe, bienfaitrice. Des rivières se déversaient du ciel et venaient bouillasser la cour accolée au petit appartement, cour à laquelle elle était la seule à pouvoir accéder, son jardin de sept mètres carrés quatre-vingt-dix pour cent béton à Paris. Elle avait attrapé un carnet et esquissé un bilan en vrac sur le papier : deux semaines après l'arrivée de Mauve de ce côté-ci de la Terre, que s'était-il passé : eh bien, il lui arrivait de pleurer d'émotion quand *Je vous aime adieu* d'Hélène Ségara passait à la radio, heureusement que *Freed from Desire* de Gala était souvent programmé juste après, ça remettait les idées en place ; elle avait maintenant l'étrange besoin de prendre des douches à la limite du brûlant, de se savonner avec application, de se crémer, et même, parfois, de mettre des boucles d'oreilles ; elle appelait Mauve son koala des villes, était ravie d'avoir une enfant si paisible, mignonne, rigolote et facile à vivre, poupon poupard qui forcissait comme un joli bouddha ; il y avait des couacs et des ratés bien sûr, la nourrissonne n'était pas non plus un exemple de zénitude permanent et Adélaïde s'était découvert une nouvelle terreur : le crépuscule. Un truc primitif et violent s'emparait d'elle et la consumait tout entière – et là il ne fallait absolument pas qu'Hélène Ségara commence à chanter, sinon c'en était fini. Elle se retrouvait complètement tétanisée, dépossédée, et voulait alors juste se terrer sous le sommier avec son bébé. Mais les jours succédaient aux nuits et toujours le soleil se relevait. Adélaïde apprenait que parfois, même au plus profond de l'obscur, alors qu'elle était plongée en son sein, en son cœur recueillie, vidée comme si plus jamais elle ne pourrait être heureuse, des îlots de paix apparaissaient, et sur eux, elle s'échouait, soufflait. La voix de Moshé au téléphone – papy déjà gâteau qui n'avait pu encore se déplacer – avait justement cette faculté de rafistoler les trous au cœur, son timbre comme une pommade, et sa présence à venir comme ultime réconfort.

Les premiers moments de vie de sa fille avaient donné à Adélaïde la force de conquérir le monde. Elle s'était repenchée sur un vieux rêve entêtant : écrire. Cette ambition banale – le rêve numéro un des Français – Adélaïde s'était sentie capable de lui donner forme. Mieux, elle en crevait d'envie et elle s'était mise au boulot sérieusement. Ainsi était né Antiféroce, petit loup pacifiste aux mille aventures déployées sur trois tomes. La publication avait été d'une facilité déconcertante, le succès au rendez-vous. Et puis à l'aube de l'an 2000 Adélaïde s'était tarie. L'écriture était depuis une bagarre, une rixe à laquelle se livrer. Adélaïde ne savait pas comment les mots avaient pu un jour lui jaillir si librement des doigts mais elle s'acharnait à enfanter le chaos et, quand il y en avait, se réjouissait des étincelles de clarté.

XII

1

Agapé ne sait plus où elle en est. Ça l'indiffère, ça la braque, ça la détraque. Elle a reçu un courrier tentant de la rappeler à l'ordre, la sommant d'expurger son âme, lui expliquant que les meurtres de son fils lui incombaient, ne pouvant qu'être le fait de ses défaillances éducatives. Ça, ça n'a pas de prise sur elle, elle sait bien que c'est bidon, trop habituel de reporter la faute sur la mère, ce n'est pas comme s'il s'agissait d'un discours novateur, on est loin de la sentence inédite. Ce qui inquiète Agapé, c'est qu'on ait son nom et son adresse, un nom, qui plus est, qu'elle n'a jamais partagé avec ses enfants.

2

Le 17 janvier 1995, comme tous les soirs à vingt heures, le Soleil s'était levé sur la Terre. Le journal de la 2 s'ouvrait sur des images filmées par caméra de surveillance : des ordinateurs convulsaient, un *paperboard* s'agitait, des dossiers sautillaient comme autant de balles rebondissantes. Le monde tremblait. Agapé avait le mal de mer. Elle regardait les armoires tanguer, ses jambes ne la tenaient plus. Du bout des doigts, elle avait serré le bâtonnet à s'en blanchir les articulations, l'agitant sans discontinuer par petites secousses frénétiques. Un séisme meurtrier avait touché Kobe pendant la nuit. L'intensité maximale sur l'échelle de Shindo. Sept sur sept. *Merde alors.* Agapé avait relâché l'étreinte, le bâtonnet s'était enfoncé dans la moquette sans un bruit ; elle l'avait oublié. Rivée à l'écran, elle avait attrapé un pull et un pantalon mous, des chaussettes en laine, un deuxième pull, enfilé le tout et relevé ses cheveux noirs en un chignon de mèches hérissées. Elle avait continué de grelotter, le froid était entré en elle. Des vues d'avion montraient la ville en feu, ravagée par les incendies – seules lumières dans la nuit. Le kérosène embrasait les habitations. Sous les ruines, les corps durcissaient déjà. Un Japonais s'était agenouillé, glissant la tête entre deux énormes blocs de béton et échangeant quelques mots avec un prisonnier des décombres. *Ça va, ça va!* disait quelqu'un que l'on n'apercevait pas. Des vieilles élégantes, chapeaux clairs, vestes à motifs pastel, lunettes carrées, campaient dans un gymnase. Elles s'étonnaient de vivre ce qu'elles ne voyaient d'habitude qu'à la télévision. Les autoroutes suspendues semblaient s'être bêtement laissées choir, comme si, lourdes de fatigue, elles avaient décidé de s'étendre sur leur flanc. Les camions, figés roues en l'air, n'étaient plus que de gros scarabées qui auraient lâché l'affaire après de vains efforts pour se retourner. Les immeubles, pliés en deux, formaient des béances dans la ville. Un car, île flottante, reposait, immobile, majestueux, dans le vide. Sous ses roues avant, rien, rien d'autre que l'absence de chaussée. Tranquille au milieu du chaos, un garçon pédalait sur son vélo, décrivant de légères ondulations. Ce qui avait le plus marqué Agapé, c'était le commentaire de la voix off : *Un monstre préhistorique semble avoir piétiné la région.* Cette nuit-là, elle s'était allongée aux côtés d'Arès et elle avait rêvé : sous l'eau pouacre et irrespirable, une araignée de mer gigantesque la poursuivait, elle avait du mal à se mouvoir, la peur et le sel lui brûlaient les yeux. Soudain, le sable s'était fendu sous ses pieds et un tsunami l'avait propulsée dans les airs, elle avait ressenti une décharge d'adrénaline assourdissante alors qu'elle patinait au sommet de la vague. Puis ses pieds s'étaient dérobés et elle avait commencé à tomber, tomber, tomber longuement. La chute infinie. Sursaut de réalité, Agapé s'était réveillée pantelante, agacée de s'être encore laissé berner par ces vertiges imaginaires.

Le 12 août 1995, le regard flou, Agapé fixait un point sans le voir. Devant ses pupilles défilaient carambolages, explosions et crashs. Des chocs, du feu, des bris, de la fumée. Déferlante d'images violentes générées comme mécanisme de survie par son cerveau. Catharsis salvatrice pour contrebalancer l'ambiance cataclysmique. Agapé tendait les jambes, soufflait, pliait les genoux, roulait des hanches, de gauche à droite, soupirait, collait le bébé plus près, il tempêtait, elle l'éloignait, le berçait à bout de bras, la tension innervait chaque fibre de son être, l'enfant criait, plus aigu et plus fort – chaque décibel comme une pointe perçante dans sa poitrine, une lame qui entrait sortait, entrait sortait, entrait sortait. Ça sabotait tout ce qu'elle pensait être, tout ce en quoi elle croyait, tout ce qu'elle imaginait savoir. Elle n'avait pourtant pas mille illusions mais un espoir : celui de la maternité apaisante et nourricière. Mahdi refusait son sein, la pinçait violemment de cette bouche sans dents, recrachait le téton, griffait la poitrine de ses minuscules ongles acérés. Les hurlements redoublaient – pathétiques et stridents –, leurs bouches se tordaient en simultané, babines retroussées, sourires inversés, souffles courts, une communion de douleurs. Une peur panique avait pris Agapé : *Et s'il était à l'article de la mort*. La menace de la catastrophe avait chancelé au-dessus de sa tête. Elle était en train de le regarder quand un répit était venu : Mahdi s'étranglait tant de pleurer qu'il s'était tu. Bref espoir, accalmie, elle avait respiré un instant. Et puis ça avait repris. Qu'est-ce qu'elle lui en voulait. Ne pouvait-il pas rester calme plus d'une demi-seconde ? Agapé avait pensé que ce bébé menait une entreprise de démolition. Le lait était monté, elle souffrait qu'il s'y refuse, elle souffrait dans sa chair gonflée. Elle désirait juste qu'il boive, qu'il la soulage et qu'il se rassasie. Et puis stop, ras-le-bol, elle avait rangé son sein en se disant qu'elle ne pouvait rien pour lui puisqu'il ne voulait pas d'elle. Elle avait détourné les yeux du visage cramoisi et des prunelles inondées, de cette petite chose débordée débordante, toutes gencives dehors et elle l'avait bercé. Bercé inlassablement, dodelinant, le retournant en tous sens, alternant les positions, balançant délicatement, balançant rapidement, modulant la vitesse de cette valse à laquelle elle ne pouvait se soustraire.

Quand Arès était rentré, Mahdi dormait. Un ange dans les bras de sa mère : ils étaient beaux comme un tableau, mais plutôt Picasso période bleue que Klimt dégoulinant d'or. Il ne s'imaginait rien des longues heures désespérées. Il ne se doutait pas des impasses rencontrées. Il ne voyait pas sa femme éreintée. Par contre, il s'était étonné. *Pourquoi est-ce qu'il y a une boîte de lait en poudre et un biberon sur la table du salon ?* Agapé avait rouvert les yeux et expliqué qu'elle avait tout essayé, tout fait comme à la maternité mais qu'il ne voulait plus prendre le sein. Mahdi avait crié si fort que la voisine du dessous avait toqué à la porte. *Oui, la voisine. Non, ce n'était pas pour se plaindre du bruit. Si, si, elle est gentille.* Arès s'était offusqué de l'intrusion. Agapé avait repris. *Oui, j'ai ouvert, la voisine voulait aider, elle a essayé de le positionner pour qu'il tète, rien à faire, casse-tête. Non, la voisine n'a pas fait monter ses enfants avec elle, ils déjeunaient devant la télé, ils se débrouillent.* Il avait tiqué. Agapé ne s'était pas découragée. *C'était dur, horrible, Mahdi était tout rouge, il hurlait tellement que j'ai eu peur, très peur. La voisine a proposé de le prendre, le temps de souffler et d'aller à la pharmacie du coin de la rue acheter du...* Il avait balancé un : *T'as fait quoi ?* glaçant. Agapé s'était répétée. *La pharmacie, le coin de la rue, j'ai fait vite, même pas cinq minutes, j'ai couru. Ensuite, j'ai préparé un biberon et là magie Mahdi a tout bu et s'est endormi !* Agapé avait esquissé un sourire. *C'est pas plus mal comme ça, on pourra le nourrir tous les deux.* Arès avait dérouillé la tête, tête qui se situait alors à deux centimètres de la boîte de lait en poudre, et enchaîné : *Putain mais t'as vu le prix que ça coûte, t'as cru qu'on pouvait se passer de la gratuité du lait qui coule de ton sein ? Le sens des réalités tu l'as mis où ? C'est les hormones qui te rendent bête comme ça ou quoi ? Et puis d'la merde chimique, on va pas donner ça au petit. Tu sais ce qu'il y a là-dedans ? Ça va deux minutes de jouer la femme libérée, mon petit confort avant tout, mais maintenant tu es mère et une mère ça fait les choses bien. Tu l'as voulu le petit ? T'assumes. Toutes les mères le font. Qu'est-ce que tu crois ? Ta mère l'a fait, ma mère l'a fait. C'est comme ça.* Il avait laissé le lait artificiel tomber bruyamment dans la poubelle de la cuisine. *Allez ça suffit les conneries.* Le biberon aussi. *Plong. Ah et laisse plus rentrer la voisine, elle a pas à savoir comment c'est chez nous, on sait pas qui c'est, on sait pas ce qu'elle a dans la tête, on sait jamais qui c'est les gens, elle a pas à prendre notre fils comme ça pendant que tu vas te promener. Il est né y a six jours et c'est déjà trop pour toi ?*

Agapé l'avait écouté, interdite, des flots de larmes coulant sur ses joues jusqu'à tremper son T-shirt. Arès n'avait pas besoin d'en faire autant, les crocs de la culpabilité lui entaillaient déjà le cœur. Agapé avait promis :

J'ai abandonné trop vite. J'ai eu une absence. Je vais réessayer. Mais dans la nuit poisseuse d'août, alors qu'il dormait tel un Flanby renversé et que Mahdi sommeillait dans son couffin, Agapé, gluante, s'était relevée.

Le calme tant désiré ne lui procurait pas d'apaisement. Ses yeux pétillaient de fatigue mais ses pensées tournaient à toute vitesse. Maelström d'idées noires, céphalée violente : elle se sentait prise au piège. La respiration sifflante de son mari couvrait les bruits de leur fils. Elle ne voulait pas revivre une journée semblable à celle qui venait de s'écouler. Exténuée, résolue, elle s'était dit qu'il n'y avait pas de mal à la simplicité. Et puis, si Arès ne l'aidait pas, elle, elle s'aiderait.

Les rayons d'une lune bleutée tamisaient la cuisine. Agapé avait entrouvert la fenêtre, une brise fébrile s'était engouffrée. Elle s'était baissée, ses seins lourds et tendus lui avaient envoyé une décharge électrique. *Ma peau va craquer.* Elle avait repêché le contenu de la poubelle, nettoyé avec application le biberon et la boîte couleur saphir. Elle les avait posés dans le placard sous l'évier : deux trophées chèrement gagnés à la suite d'un sprint insensé, pas question de les remiser comme ça. Dans le bac du congélateur, elle avait pioché des glaçons pour en remplir son soutien-gorge, le froid l'avait massée, et doucement les larmes étaient revenues.

Très vite, Agapé avait découvert l'éblouissant isolement de la femme nouvellement mère, d'autant plus éclatant quand l'autre préfère s'absenter. Un jour que le soleil brillait haut dans le ciel et s'infiltrait par toutes les fenêtres, clairement décidé à la harceler, Agapé avait compris. Il y avait de la vie dehors mais il fallait l'oublier car celle-ci continuerait sans elle. Elle aurait aimé pouvoir donner au monde sa cadence de recluse. Elle aurait voulu silencier les enfants qu'elle entendait se livrer à des batailles d'eau explosives et annuler la rentrée scolaire qui lui faisait l'affront de se préparer sans elle. Voiler les cahiers chamarrés sur les étals des papetiers, confiner les gens qui profitaient de l'été. Agapé était énervée et ne savait pas quoi faire de cette émotion : elle s'ennuyait, elle s'agaçait. Elle voulait mettre le temps sur pause et sur avance rapide. Elle rongeait son frein. Elle s'occupait seule et seule elle s'occupait de tout. Elle avait envie de hurler mais redoutait la moindre des humeurs d'Arès. S'il paraissait froissé, elle avait besoin de tout arranger sur-le-champ, ravaler son agacement, plaisanter, prendre sur elle. Elle avait peur et elle voulait juste que tout aille pour le mieux. Elle ne s'autorisait rien. Le voir s'impatienter, se contrarier, c'était plus qu'elle ne pouvait en supporter avec l'enfant rétif.

Il faisait trop gris dedans, trop sombre d'un coup. Elle ne gérait rien et elle gérait tout : ça lui sautait à la gorge maintenant qu'ils étaient trois. Arès ne se souciait pas, ni d'elle ni de leur fils. Elle avait l'impression d'être punie et qu'est-ce qu'elle s'en voulait : fallait-il être stupide pour se reproduire avec cet homme-là, aveuglée par l'inconscience, abêtie par l'espoir que créer leur propre famille ferait rejaillir l'amour, fort et intarissable. La méprise qui rendait folle et faisait craquer le visage, déformé au rythme des pleurs, relié en flux tendu aux gémissements de Mahdi. Elle patinait, elle galérait :

elle lavait son fils mais il se pissait dessus. Elle le nourrissait mais il vomissait. Elle le caressait mais il s'agitait. Elle cuisinait mais elle ne mangeait plus. Elle récurait mais tout se salissait. En permanence, elle se mordait l'intérieur de la bouche pour ravaler ses sanglots.

Arès, c'était le degré zéro de l'empathie. Pas de sollicitude car pas d'intérêt. Encouragé à ne pas trop s'y frotter, de toute façon, le raz-de-marée c'est pour la mère. *Faut pas être trop proche des enfants mais faut les assumer.* Le genre de phrases à la con qu'il sortait à ses copains. Agapé attendait un revirement de situation comme on espère gagner au Loto : elle se disait qu'après tout ce n'était peut-être pas *impossible.* Parfois, l'enfant la faisait sourire. Parfois, elle réussissait à ne pas lui en vouloir. L'amour était difficile à mettre en place et pourtant elle s'y employait. Mahdi était un étranger à la tête trop familière, il la désarçonnait et la déroutait. Il la scrutait, éperdu, de ses grands yeux noirs qui la dévisageaient sans répit, de ses grands yeux noirs qui lui intimaient l'ordre de l'aimer mieux, de ses grands yeux noirs qui l'interrogeaient et la fusillaient. Agapé s'était mise à haïr Arès. Le détester de dormir le week-end, grasses matinées et siestes incluses alors qu'elle ne pouvait jamais poser l'ombre d'une demi-fesse sur une chaise sans que Mahdi s'agite. Le détester de manger chaud, chaud et chaque fois qu'il avait faim. Le détester de continuer à vivre comme avant et comme si de rien n'était. Quand elle lui tendait l'enfant et qu'il acceptait de le porter, il était tellement démuni que ça durait rarement plus d'une minute. Il préférait lui rendre, plein d'effroi, et lâcher un *je sais pas faire.* Son mari était un gros ballot, un gros ballot qui n'était en réalité qu'un tout petit garçon, et Agapé se disait que bon sang elle ne pouvait pas en élever deux. Un ouragan de rage s'emparait d'elle quand il ajoutait : *Il est mieux avec toi.* Elle n'en montrait rien, à quoi bon, rien de plus qu'une mine glacée mais excédée. Elle laissait le cyclone la gâter de l'intérieur et déchaîner des sentiments que pourtant, elle réprouvait. Ce qui faisait le plus de ravages en elle, c'était l'amer constat qu'il s'en foutait de leur fils, qu'il ne lui octroyait pas un regard sauf sous la contrainte, qu'il ne bougeait pas d'un pouce quand il s'époumonait. Agapé avait mal au ventre. Elle fatiguait et engloutissait le café au rythme où se creusaient ses cernes : beaucoup trop vite. Elle vivait à côté d'elle-même, agissait mécaniquement, observait, spectatrice du désastre. Arès préférait quitter la maison que d'entendre Mahdi pleurer. Elle aussi aurait voulu une pause, plus qu'une pause même : tout plaquer, partir loin des cris et de l'indifférence. L'idée la quittait dès qu'elle la traversait, elle ne pouvait pas, il y avait l'enfant. Agapé constatait tout ce qu'ils rataient en tant que famille et cette trahison la blessait. Arès osait dire : *C'est pas mon truc*, et elle se demandait pourquoi est-ce que ça devait être le sien. Le pire, c'était quand il perdait patience. Quel culot, il n'était jamais là mais ne pouvait pas faire preuve d'un chouïa de calme. Il lui était intolérable qu'il parle mal à leur fils, ça lui vrillait le cœur. Alors elle redoublait de douceur et d'attention à l'égard de Mahdi, le subtilisant au regard de son père, lui expliquant qu'il n'y était pour rien. Elle le câlinait, lui souriait, l'enlaçait un peu trop fort. *On ne s'énerve pas contre un bébé.* Elle s'escrimait à chasser la tristesse et lui répétait combien elle était désolée de cette entrée dans la vie.

3

Agapé était retombée enceinte sans le vouloir, seulement deux mois après la naissance de Mahdi. À l'état de choc avait succédé le désespoir. Au désespoir, la consternation. Et puis un beau jour, sans prévenir et sans la consulter, son cœur avait fait sa révolution copernicienne et elle avait eu envie de ce bébé. Au fil des mois, la grossesse lui avait donné un pouvoir : on prenait place en elle et elle recommençait à réclamer la sienne dans le monde. *Oui, monsieur, j'ai besoin de m'asseoir dans le bus, ce siège est pour moi, oui oui là exactement où vous êtes assis, vous voyez bien qu'il n'y en a pas d'autre, à moins que vous préfériez que je demande à la vieille avec sa canne de se relever, pardon, madame, je passe, la caisse prioritaire c'est pour les personnes prioritaires. Non, Arès, non, débrouille-toi sans moi.* La perspective du second enfant lui avait également permis d'entrevoir la possibilité d'aimer le premier. Mahdi était devenu plus simple à vivre, il s'occupait seul. Elle l'aimait mieux ainsi, dans ses moments de silence. Sans doute le mettait-elle de côté, sans doute lui donnait-elle moins mais les activités diurnes l'encombraient : les tâches, les couches, les biberons. Son corps se rappelait à son cerveau : elle devait se ménager. Elle voulait seulement dormir, en faire le moins possible, soigner ce ventre qui grossissait et qu'elle vivait – étrangement – comme son secret, un secret bien voyant, dévoilé et clignotant, rondeur exhibée mais rêve caché, il était son réconfort, son trésor. Agapé était en chantier et se sentait sacrée.

La naissance de Yaya l'avait réconciliée avec la maternité. Bébé enjôleur, bébé Cadum, bébé sucré. Les cheveux blond miel, les yeux vert d'eau bleu d'eau eau cascade cristalline océan lac gelé rivière claire galaxie polaire, les yeux qui lisent l'âme et y provoquent une onde de joie. Yaya était un ange. Un ange qui adorait par-dessus tout son grand frère, détendait sa mère et lui avait donné l'irréfragable force de quitter Arès. Agapé avait été surprise à l'époque, surprise de la puissance de l'apaisement ressenti. Brisée en rien. Se séparer l'avait sauvée : elle avait pu à nouveau décider de tout et penser sans qu'il vienne la parasiter – carte blanche. Elle s'était mise à littéralement scintiller, iridescente, jouissant d'une assurance nouvelle et convaincue. Elle avait entouré ses fils de gentillesse. Elle s'était échinée à les faire mûrir, les gorger de soleil pour qu'ils deviennent de bons fruits ronds et juteux, colorés, épanouis. Elle avait insisté sur la bonté, ça avait toujours été important pour elle, la bonté.

XIII

Karine Coutelle lui était apparue comme une victime idéale. Karine Coutelle était le genre de femmes qui ne voulait que ça, être aimée, parce que Karine Coutelle ne savait faire que ça, aimer. En entrant dans le café-tabac l'Argentine à Beauvais, Mahdi l'avait vue, accoudée, gilet mou pendant sur seins crémeux, pommettes rouges, regard lent. Ah, sûr que ça se repère les gens qui consacrent leur vie à attendre le ravissement par l'amour. Mahdi avait senti qu'il y avait tout à prendre chez elle, lui reconnaissant cette générosité liée à la pauvreté et cette dévotion de celles qui ont peu. L'Argentine était clairement un endroit où tu pouvais te prendre une balle ou acheter du crack et Mahdi avait aimé l'idée qu'une femme aux traits poupins y flotte ainsi, légère et abattue, buvant son monaco au milieu des vieux grossiers et des jeunes cons. Karine Coutelle portait ses cheveux au naturel, châtains et ondulés. Les ongles étaient manucurés maladroitement – comme une petite fille l'aurait fait, en mettant trop de vernis et en laissant des trous ; et la pulpe des doigts, jaunie par les cigarettes roulées qu'elle fumait. Elle avait coincé dans ses cheveux une paire de lunettes aux verres roses légèrement fumés, décorés d'une fleur en strass sur les coins extérieurs. Par moments, elle cachait les grands yeux bleus qui lui mangeaient le visage en faisant basculer la monture sur son nez. Mahdi changeait des mecs qui fréquentaient l'Argentine et Karine Coutelle avait failli faire un AVC quand il s'était glissé contre le bar, près d'elle, et lui avait souri gentiment. Les boucles noires, le grain de beauté au-dessus de la bouche, le flamboiement marron de l'œil pailleté : elle s'était dit qu'on avait encore mis un truc dans son verre vu les bouffées de chaleur qui l'accablaient. Karine Coutelle n'avait pas eu besoin d'être séduite. Comme pour l'écrasante majorité des femmes, il avait juste fallu exister à ses côtés, lui lancer un coup d'œil de temps en temps, alors le cœur s'était emballé et elle n'avait plus eu qu'une envie : appartenir à cet homme. Elle habitait avenue Jean-Moulin au dernier étage d'un immeuble qui n'en comportait que deux. Mahdi s'y était installé dès le premier après-midi après avoir regardé Karine avaler un autre monaco, trop sucré le monaco, et quelques cacahouètes.

Karine Coutelle passait beaucoup de temps dans les hypermarchés. Elle se sentait bien derrière le Caddie, comme encadrée, soutenue. Heureuse de pousser un truc qui avançait, apaisée par la sensation de glisse sur surface lisse.

Elle sélectionnait avec soin les produits et se montrait fidèle aux marques de l'enseigne. Elle ne supportait pas quand les emballages changeaient, car les emballages changeaient. Cela faisait naître en elle un profond sentiment de désespoir. La nouveauté n'était pas une disruption supportable pour Karine Coutelle. Elle avait ses tocades : les mini-saucisses, le fromage en cube, les chips par paquet d'un kilo. Elle ne se jetait jamais sur les promotions, elle réfléchissait les promotions. Karine Coutelle faisait autant de listes de courses que de listes de pour et de contre. Elle pesait tout, ne s'emballait pas, évaluait, consciencieuse et appliquée. Quand elle revenait des courses, Mahdi se sentait chaque fois pris au piège, Karine Coutelle sortait des tripotées de trucs insensés de grands sacs recyclés. Elle entassait autour d'elle les yaourts, les pots de crème fraîche, les lardons, les bâtonnets de surimi, les lambeaux de poisson, les bretzels et les chewing-gums. À ce stade, Mahdi détournait le regard, retenant un haut-le-cœur. Il respirait un bon coup et se décidait à attendre patiemment. Il savait qu'elle rapportait toujours quarante-huit bières, et qu'il allait pouvoir commencer à en descendre quelques-unes – on pouvait avoir confiance en Karine Coutelle, c'était une femme attentive et régulière. Mahdi n'aimait pas ça chez elle, son goût pour la quantité. Il avait toujours préféré la frugalité à l'abondance, le luxe discret et précieux, celui que l'on garde pour soi, sans étalage, à la démesure aberrante dont faisait preuve Karine Coutelle. Sauf pour les bières. Elle aimait les loisirs créatifs. Elle confectionnait des sous-bocks avec des perles cylindriques qu'il fallait repasser. Elle brodait de délicates fleurs pâlichonnes qu'elle encadrait et accrochait, partout dans la maison. Elle coloriait des félins avec des feutres d'écolière et elle appelait ça de l'art-thérapie. Mahdi prenait beaucoup sur lui. Mahdi se rongeait les ongles.

Comme Loana Petrucciani, Karine Coutelle était née le 30 août 1977. En plus de leur date de naissance, les deux femmes partageaient cette faiblesse face aux hommes, cette envie maladive d'être regardée, considérée, protégée, ce truc dans le ventre qui fait taire tout amour-propre, qui éteint la dignité, cette lueur dans l'œil qui attire les plus vicieux. Devant sa télé le 26 avril 2001, c'était une sœur que Karine Coutelle avait reconnue en cette grande blonde à qui on apportait son ours en peluche en plateau. Karine Coutelle était en ménage à l'époque. C'est pourquoi elle s'était mise à enregistrer les épisodes de *Loft Story*, ça avait été trop douloureux d'en voir le coup d'envoi avec son compagnon. Il avait passé la soirée à insulter tout le monde, à moquer Loana, à boire trop, à souffler le chaud et le froid, à dire qu'elle avait une tête à se faire baiser la gueule mais que c'était pas elle qu'il niquerait ce soir. Une fois de plus, c'était tout ce qui plaisait à Karine Coutelle qui était dénigré. Elle aurait aimé être à la place de Loana, célibataire coupée du monde dans un loft de deux cent vingt-cinq mètres carrés, mais elle vivait dans un studio à Beauvais avec un con qui se vomissait dessus un soir sur deux. Plus tard, Karine Coutelle avait suivi les déboires de Loana. La petite fille dont elle n'avait pas la garde, la drogue qui attriste, l'alcool qui fait grossir. Elle ne s'était jamais dit que c'était la télé-réalité qui avait détruit Loana. Elle avait construit sa propre idée de la bimbo, elle avait reconnu son regard. Pour Karine, Loana avait toujours eu le vice en elle, un vice qu'elle ne comprenait que trop bien et auquel elle ne pouvait rien, c'était dans son sang : la destruction de soi. Elle savait que Loana avait été chanceuse dans son malheur. La télé, l'argent, le *single*, les belles soirées à Paris. Tout ça avait permis à Loana de se détruire avec des drogues de meilleure qualité. Elle savait que Loana n'avait pas à mettre le nez dans les solvants pour peinture, à avaler du détergent pour jantes, à inhaler de l'huile de vidange, simplement dans l'espoir d'atténuer la peine. La cocaïne de Loana était plus pure, son pilon n'avait jamais contenu de morceaux de verre coupants, son whisky ne venait pas de chez Ed. Et ça, c'était grâce à la télé. Karine Coutelle, elle, n'avait toujours connu que l'adultération : l'eau dans le lait, le vin étiré, la bière coupée. Les excipients, les additifs, les matières inertes qu'on fout dans les trucs pour ceux qui n'ont pas les moyens.

Ce soir-là, Karine Coutelle avait mis les petits plats dans les grands. Elle avait dressé la table basse. Chaque détail respirait la candeur, évoquait la tendresse. Une serviette blanche et épaisse portait le nom de Mahdi ; la broderie était formée d'un entrelacs de fils, brillant de rouge et de jaune. Karine Coutelle avait allumé des bougies à piles, éparpillé des confettis dorés et roses, et dans une pinte d'eau flottaient des petits cœurs violets en plastique. Mahdi avait toujours vu Karine Coutelle pour ce qu'elle était. Ridicule. À côté de la plaque. Ça lui était cependant douloureux de découvrir l'étendue des dégâts. Cette dévotion lui serrait la gorge et lui compliquait la déglutition. Il buvait une deuxième bière glacée, pensait à Agapé, à l'affection sale et exténuante des femmes. Toujours à donner, donner trop, et à attendre, les yeux dans les tiens, ton bonheur et ta reconnaissance. Mahdi avait mis MyTF1 sur la télé. Il allait lancer le dernier épisode de *La Main blanche*. Karine Coutelle avait réussi à le convertir à cette vieille saga de l'été alors que c'était pas gagné au départ : on était tout de même sur une histoire de main momifiée retrouvée dans un mulon de sel qui mettait en alerte le SRPJ de Saint-Nazaire, a priori fallait s'accrocher. Une pub avec des hérissons se frottant à des éponges semblait tourner en boucle quand Mahdi avait été pris d'une angoisse. Brusque peur que Karine Coutelle ne sorte de la cuisine avec des cadeaux. C'était bien le genre de femme à te couvrir d'attentions, de petits mots, de dessins, à t'expliciter lourdement son amour et à t'étouffer sous ses projections. Mahdi avait essayé de décontracter ses épaules. Respirer, réfléchir. Les hérissons allaient arrêter de baiser les Spontex, Karine allait apporter des bières fraîches. Il était soulagé de s'être toujours soustrait à l'idée de la photo. Karine aurait déjà développé, encadré, disposé des tonnes d'images de lui s'il n'avait su se montrer ferme. Voilà : imaginer le pire pour relativiser. Les bières, les marais salants, l'extinction des hérissons, et Karine Coutelle qui se ferme sa gueule. Tout allait rentrer dans l'ordre.

Elle était revenue dans le salon un sourire timide aux lèvres. Mahdi l'avait su tout de suite, il n'allait pas tarder à la casser. Rien n'allait chez cette femme, il fallait abréger ses souffrances. Les yeux bleus translucides allaient gicler, les pommettes craquer, les fausses dents tomber. Enfin le grand soir. Mahdi s'était senti immédiatement revigoré. *Bam*, mieux que trois rails de coke. Il allait pouvoir supporter le plateau de surimi, la montagne d'Apéricube, les morceaux de gruyère plantés de cure-dents et le faux saumon dégueulasse roulé autour du Boursin contrefait. Ça allait être le dernier apéritif dînatoire. Il fallait célébrer et d'ailleurs Karine Coutelle l'avait sans doute senti, elle avait sorti les bouteilles de mousseux et les liqueurs de framboise, de quoi se faire des kirs royaux détonants. Après le festin que ni l'un ni l'autre n'avait touché, trop occupés à boire, à se remplir l'estomac de cet alcool lourd qui comble, Mahdi avait demandé à Karine Coutelle de se laver longuement. Il se faisait le plaisir d'une victime propre et douchée. Elle avait mis les restes du repas dans de petites boîtes de plastique opaque et javellisé la table basse. Mahdi aimait l'odeur de la javel et Karine Coutelle le savait. Elle s'était toujours dit que c'était plaisant un homme qui aime respirer la propreté comme ça, l'ultra-propreté même. Mahdi n'avait jamais rien acheté pour la maison hormis des lingettes Cif au citron alors Karine Coutelle en avait déduit que c'était important pour lui. Elle s'en servait avec parcimonie, et cependant fréquemment. Après avoir fait place nette, Karine Coutelle s'était imaginé que pour une fois Mahdi viendrait se coucher avec elle. Peut-être même l'allongerait-il, lui caresserait-il les avant-bras, les mollets et les joues, l'enlacerait-il de ses bras souples et fermes et glisserait-il son nez au creux de son cou pour mieux la respirer. Au cas où, Karine Coutelle s'était aspergée de son Eau jeune Rebelle Chic.

Mahdi avait tué Karine Coutelle avec application. Il avait voulu expérimenter, prendre son temps. Ne pas bâcler était sans doute sa façon de rendre hommage. Il avait été mis en examen pour *meurtre avec actes de torture et de barbarie*. On avait évoqué sa cruauté et sa sauvagerie, on avait voulu le bannir du monde des hommes par les mots. Il n'en était pas peu fier. C'est vrai qu'il n'avait pas bien saisi le moment de la mort de Karine Coutelle. Ça survit, ça survit, ça agonise, ça crache du sang, le cerveau coule par le nez, tu comprends pas forcément et puis tu t'exaltes, tu fais ton truc, si t'as un minimum de concentration, tu ne notes pas nécessairement l'instant où ça trépasse. T'es impliqué ou tu l'es pas. Karine vivante. Karine morte. C'est pas facile à distinguer. Mais il essayait encore de se remémorer l'exact déroulé de ses gestes, sa façon de procéder et sa maîtrise experte de bourreau tranquille.

XIV

1

C'est le portrait craché de son père, une photocopie je suis dégoûtée, quand on l'a porté neuf mois y a de quoi l'avoir mauvaise. La cliente semble sincèrement dépitée. Pire, elle cherche l'approbation. *Vous comprenez?* Elle a bu un peu, ça s'entend. Sans doute sa première sortie depuis l'accouchement. Sans ouvrir la bouche, Mauve grommelle un *hin hin* qu'elle juge convaincant. *C'était bien votre soirée? Vous vous êtes amusée?* Elle déteste le *small talk* mais là il faut s'y mettre pour dévier la conversation. Ce n'est pas la première fois qu'elle entend ce genre de réflexions et elle a du mal à verser dans l'empathie. *Déjà, est-ce qu'il y a quelque chose à constater au niveau de la tête d'un nouveau-né? Est-ce que ce genre de bestiole ressemble réellement à un humain et qui plus est à un humain de quarante ans? Est-ce que ça peut être si net que ça cette histoire de sosie? Ensuite, imaginons que les traits imitent à la perfection ceux du père, en quoi est-ce problématique?* Mauve fait un effort de projection. Son envie de maternité avoisine le moins dix. Son envie de maternité avec un homme l'absolu néant. Il n'empêche que ce soir, alors qu'elle traverse la rue Popincourt et s'apprête à tourner à droite sur celle du Chemin-Vert, elle échafaude. Peut-être est-elle incapable de comprendre les récriminations de sa cliente parce qu'elle ne se trouve pas spécialement belle et que ce n'est pas là qu'elle place son ego. Zéro enjeu. Zéro orgueil de l'apparence. Sa propre gueule elle s'en fout, la transmettre encore plus. Par contre, le visage de l'être aimé, c'est censé émerveiller, c'est ce visage qu'on voit chaque jour et qu'on désire, c'est avec ce visage qu'on a voulu se reproduire... *Pourquoi ne pas être en joie que le visage se soit dupliqué ? Comment ne pas célébrer cette magie qui fait que l'on a deux fois plus à admirer de cette même perfection ?* Mais bon, les gens sont bizarres. Mauve devrait y être habituée. Sans doute que ceux qui pestent que leur bébé ressemble à l'autre parent sont les mêmes que ceux qui mettent une photo de leur propre tête en fond d'écran.

Au carrefour de rues clapoteuses, Mauve fait gronder sa voiture. Le feu passe au vert. Elle monte le son. Diam's chante : *Jeune demoiselle recherche un mec mortel* et les trois garçons sur la banquette arrière connaissent les paroles par cœur. Ils s'égosillent : *Pom pom pom pom dans mes rêves mon mec m'enlève et m'emmène.* Mauve sourit. Elle se laisse prendre au jeu, fredonne. Les vitres sont recouvertes d'une buée bienheureuse et la chaleur de son taxi contraste avec le froid qui glace dehors. *Pom pom pom pom, dans mes rêves mon mec m'aime et me rend belle.* Dans son taxi, c'est cinquante-cinquante. Les clients sont au choix des zombies assoupis ou des noceurs terriblement enjaillés par la nuit. Ceux-là parlent fort, donnent leur avis, appellent, rappellent, complotent, veulent des réponses, laissent des notes audio délirantes, harcèlent pour que Mauve passe leur musique, ce qui a à peu près autant de chances d'arriver que quand ils supplient le DJ en boîte, c'est-à-dire aucune. Autre catégorie : les femmes. Mauve voit bien l'enthousiasme de toutes les nanas qu'elle ramasse, ça flatte et en même temps elle se dit qu'on vit dans un sacré monde de merde. Il y a un soulagement évident à tomber sur une chauffeuse de taxi. Au moins quand c'est une femme qui conduit, on se dit qu'il y a peu de risques de finir clamsée dans un bois, de la terre dans la bouche, du sang sur le sexe.

2

Six heures du mat', Mauve se brosse les dents sans arriver à faire taire ses pieds. Elle arpente l'appartement en proie à une grande agitation. Elle oublie de se rincer la bouche et se met au lit. Cinq heures de sommeil embrumé et c'est le froid qui la réveille, le froid humide baignant son corps. Elle est trempée de transpiration, elle a encore rêvé de Yaya.

Yaya, Yaya, Yaya, le prénom tourne en boucle et colle aux parois de son crâne, incrusté comme les chewing-gums qu'écrasent les clients si polis sur les sièges de sa voiture. Mauve pensait avoir contré le désordre qui s'était immiscé en elle, avoir relégué la haine et l'amour éprouvés dans une case de sa tête, la plus petite qui ait été. Mais force est de constater qu'il n'en est rien. Elle a beau s'échiner à faire régresser sa mémoire en essayant de se précipiter l'Alzheimer histoire que Yaya aille bien se faire foutre, le mec est plus que jamais un fantôme qui la tyrannise. À croire que le soir venu, il s'extrait de son corps à la Darrell Standing. Peut-être qu'à l'UMD, ils le compressent dans des camisoles, qu'il s'évanouit et se retrouve là, en effet, calé à côté d'elle. Mauve adore

Jack London mais elle aimerait que son cerveau cesse de réécrire *Le Vagabond des étoiles*, inlassablement, avec Yaya en tête d'affiche.

Ce matin, c'est la vie qu'ils auraient pu avoir, Yaya et elle, qui se ramène pour lui donner un coup de poing en pleine gueule, main fermée baguée. L'amertume, la tristesse, l'acidité viennent la croquer tout entière. Mauve se décide à se lever pour tenter d'enrayer le mécanisme. Première étape : se dégager de ce pyjama dégoulinant. Elle se déshabille dans la petite salle de bains carrelée de rose poudré. Elle branche son enceinte, balance Lizzo.

I just took a DNA test
Turns out I'm hundred percent that bitch
Even when I'm crying crazy

Mauve grelotte en attendant le bain qui brûle et qui rougit la peau. Elle regarde son corps dans le miroir, sans savoir quoi en faire, écoute le robinet cracher de l'eau, la baignoire se remplir. Lizzo chante et Mauve se dit qu'elle n'aurait pas été contre être une de ces personnes qui adorent se plonger dans la mer fraîche – glacée – déchaînée en toute saison, ça doit remettre les idées en place, la congélation. Mais impossible, Mauve est un poisson de jacuzzi, l'eau à quarante sinon rien. Elle n'aurait pas été contre, non plus, aimer les olives, les gens ont l'air de prendre leur pied, et pourquoi adorer l'huile d'olive et détester les olives, l'incohérence la travaille un instant puis le visage de Yaya sur la couverture du *20 minutes* lui revient. Elle se refait le film, tente de combler les ellipses alors qu'arrivent les résurgences de leur séparation, de cette fin d'amitié.

De nouveau au lit, des vêtements propres et chauds sur le dos, Mauve allume son ordinateur. C'est l'étape deux pour enrayer le mécanisme : regarder des reportages dits de société. *Sept à huit* et *66 minutes* font ça très bien. Après « Pâtes : une passion française » (qualitatif) et « Le donut c'est l'Amérique ! » (très qualitatif), Mauve met « Une famille à l'incroyable talent ». La voix off présente les Lefèvre qui ont remporté la saison 15 de *La France a un incroyable talent* en chantant a capella de la musique sacrée et demande : *Qui sont ces Versaillais qui ont su convaincre au-delà des clichés ?* Mauve fronce tout son visage dans une mimique extrêmement dubitative. Elle prend la tête de Panino entre ses mains et lui explique : *C'est vrai que les clichés qui concernent ces Blancs, catholiques, habitant à Versailles, leur pourrissent la vie au quotidien. C'est vrai que c'est le genre de stéréotypes qui les empêchent d'accéder à un emploi en CDI ou à un logement. C'est vrai que c'est préjudiciable et handicapant, que leurs droits sont quotidiennement remis en question à ces gens-là. C'est vrai qu'ils ont du mal, en France aujourd'hui, à être élus ou à remporter des prix et des concours.* Panino acquiesce gravement et pousse un miaulement de soulagement quand Mauve interrompt le reportage pour lancer : « La guerre des boulangeries low cost ». Mauve prend la décision de se cantonner dorénavant aux reportages sur la nourriture et d'ailleurs quand est-ce que ça recommence *Top Chef* déjà ?

3

Fleury ne sera pas éternel, Schlass et Schlassette non plus, sans parler du confort du quartier pour personnes vulnérables où on l'a installé. Neuf mètres carrés qu'il ne partage pas, c'est un luxe. Tous les prévenus de la maison d'arrêt devraient pouvoir être placés en cellule individuelle mais dans les faits ça relève de la vaste blague quand on sait que le taux d'occupation est de cent cinquante-sept pour cent.

Les détenus stars, faut bien les mettre quelque part. Mahdi jouit pour l'instant du même traitement qu'un JoeyStarr, un Rédoine Faïd ou un Patrick Balkany lors de leur incarcération ici même. Après le procès il rejoindra d'autres tueurs en série en centrale. Il peut miser sur Ensisheim qui accueille beaucoup de meurtriers énervés – Louis Poirson, Guy Georges, Francis Heaulme – mais il n'est pas à l'abri de tomber sur Réau, Poissy peut-être.

La peine sera longue et Mahdi prend conscience que la prison est en train de faire évoluer ses perspectives d'avenir. Lui qui rêvait d'une activité liée aux animaux ne se berce pas d'illusions quant à la faisabilité d'une telle chose. Il n'empêche, qu'est-ce qu'il aurait aimé ouvrir un sanctuaire pour pigeons. Ces oiseaux épatants mais martyrisés auraient bien eu besoin de son aide. Huit mille six cent soixante-deux salons de coiffure en Île-de-France et combien de pigeons mutilés à cause d'eux. Mahdi abhorre les coiffeurs. Mahdi méprise les gens qui font appel à leurs services. Mahdi devient fou quand il pense à la quantité astronomique de cheveux coupés chaque jour dans les grandes agglomérations. Mutilations d'orteils, amputations des membres inférieurs, les blessures sur pigeons sont vilaines et presque toutes causées par ces putains de cheveux jetés n'importe comment. Il est extrêmement dangereux d'être un pigeon urbain : un cheveu qui s'enroule autour de la patte et c'est la circulation sanguine qui se coupe et la nécrose qui gangrène.

4

Été comme hiver, printemps comme automne, Sékouba mange des glaces. Kadiatou en a toujours en réserve dans son congélateur. Elle trouve un peu incongru d'acheter des Super Twister et des Magnum début décembre mais après tout il y en a bien qui servent des bûches givrées à Noël.

Mimi elle est trop belle, Mimi c'est une mannequin.

Elle a un joli nez, une belle bouche, des yeux verts. Une vraie mannequin. Race normale. Elle est trop belle je te jure. Huit mille euros ? Non mais ça se vend pas un chat, les yeux de Dieu, ça se vend pas. Même pour huit mille euros je te donne pas Mimi. Elle vaut plus que ça. Mimi elle vaut tout l'or du monde. Mimi elle est très physique, elle aime bien quand tu lui cours après, elle aime trop, eh bah tu joues à chat avec elle, mais après elle veut pas s'arrêter, moi je peux pas, elle me fatigue. Elle mange beaucoup aussi. Maman elle achète des croquettes toutes les semaines. Attends, tu sais ce qu'elle a fait Mimi hier ? Maman me dit faut que je te parle c'est Mimi, le voisin sa femme elle était aux toilettes et là y a Mimi dans leur appartement alors qu'elle fait pipi, la femme elle a crié, elle a appelé son mari et quand il est arrivé il a rigolé, non mais c'est une malade Mimi, elle était chez eux quoi, elle me fait trop rire, elle se croit tout permis. Elle est super souple Mimi. Souple ça veut dire, elle arrive à se faufiler... Sékouba vient d'arriver aux Baconnets, il regretterait presque d'avoir à descendre du RER, ça lui changeait les idées d'écouter la conversation téléphonique de l'adolescente dingue de Mimi. Il n'avait même pas cherché à poursuivre la lecture de l'article « Film noir » sur Wikipédia tant elle était marrante. Pluie torrentielle, pluie battante, Sékouba fait tout de même un crochet au Fournil du Nil, prend des *boussou la tmessou*, des baklavas, des cornes de gazelle, après tout elle en raffole. Il les cache sous son manteau et court – c'est pour la bonne cause. Arrivé au douzième étage du 8 allée du Danube, il toque au fond à droite en se déchaussant. Sa grand-mère, Kadiatou, lui ouvre, c'est d'elle qu'il a hérité son sourire-lumière et la visiter est une oasis qui ne confine jamais au mirage.

Ce soir, Sékouba a honte. Il sait qu'il faut qu'il en parle, il en a plein la gorge mais les mots restent coincés, en attendant ce sont des larmes amères qu'il pleure. Après son deuxième Cornetto vanille-fraise, il commence à se confier. En début de semaine, ils ont dû sédater les patients – toute la journée – parce qu'ils étaient en sous-effectif. Les malades sont restés dans leur chambre, sommeil artificiel. Pas d'hospitalité pour ces hospitalisés et Sékouba est las de ce système qui détruit, rabote, pulvérise la psychiatrie. Réduction des lits, carence en personnel, manque de moyens, avec les autres soignants ils tirent sur la corde pour éviter que tout le monde ne coule, mais ils ont de l'eau jusqu'au cou. Sékouba n'en peut plus de chercher à s'investir alors qu'on lui crache à la gueule. Sékouba n'en peut plus du silence avec les collègues, le silence sur ce qui ne va pas, sur ce qui déraille, sur leurs pratiques à eux aussi qui dérapent. Sékouba n'en peut plus de cauchemarder dès qu'il fléchit, que ses yeux se ferment et de se réveiller la boule au ventre. Sékouba n'en peut plus de se savoir maltraitant.

Pour Kadiatou, il leur faudrait un brin de campagne à ces fous, un brin de campagne et du travail : remuer la terre, ça remet les idées en place. Il conviendrait de les désennuyer et de les canaliser. Ça arrive de péter les plombs, cette vie des villes fait du mal et pas qu'aux fous. Y a qu'à voir où a grandi Sékouba, ils sont pas méchants les jeunes là-bas, mais les tours, le bitume... ils étouffent les petits pères. C'est triste d'imaginer que les enfants ont jamais mis les pieds dans un champ. Après on peut pas leur reprocher de pas savoir distinguer les cerises des raisins s'ils ne voient ça que dans leur barquette à la cantine, qu'est-ce qu'ils en savent de comment c'est fait la nature ? Avant que Sékouba ne travaille là-bas, elle ne se doutait pas qu'il existait de tels endroits en France. Des enceintes hautes comme des pins, des sauts-de-loup, des tranchées, des barbelés, des sas de sécurité, des murs, des murs, des murs, il en a des choses à franchir son petit-fils avant d'arriver à l'UMD. Ça lui fout le cafard qu'il doive soigner dans ces conditions. Ils ont besoin d'activité physique : ramasser des légumes, planter des graines, bêcher la terre ; pailler, voir de l'eau qui s'écoule d'autre chose que d'un robinet quoi ! Dix doigts ça s'occupe ! Et ça s'éduque. La meilleure manière d'apprendre à un cerveau à résister aux intempéries de la vie c'est pas de regarder la télé hein. Et c'est tout ce qu'ils ont le droit de faire là-bas, avec la sieste et les cigarettes. Ah les cigarettes ! Ça pue, ça pollue. Et voilà l'activité numéro un. Et puis, entassés les uns sur les autres, ça va pas les apaiser, faut de l'espace entre les humains, sinon ça s'énerve, comme ici !

Sékouba a froid aux dents mais ça ne l'empêche pas de sourire. Il le connaît, le discours de sa grand-mère : regarder les arbres aux troncs ridés, suivre le parcours des fourmis herculéennes, admirer les moineaux sautillants, savoir qu'il y a des asticots sous la terre, c'est vrai que ça serait mieux hein. Mais elle ne comprend pas que les mecs là-bas n'en sont plus forcément capables, que leur vie a été de la merde de A à Z et qu'en conséquence la maladie mentale les tabasse à temps plein.

5

Agapé s'interroge : aurait-elle pu sauter elle aussi en ce matin de ciel bleu enfumé du World Trade Center, se serait-elle jetée dans le vide comme environ huit pour cent des victimes de cet attentat ? Plus que celle de la chute, c'est l'idée d'être acculée qui la prend aux tripes.

Yaya essaie de focaliser ses pensées sur son chat, Souvlako, Souvlako, Souvlako. Son poil roux crème, tigré et tacheté, la rondeur triangulaire de ses oreilles, sa gentillesse.

Agapé a les mains qui tremblent, le froid sûrement. Elle descend du bus 172, c'est vrai qu'il fait frisquet. La pluie la glace, son imper n'est pas très chaud. L'excitation se mêle à l'appréhension.

Yaya observe ses ongles. Un mois et deux jours qu'il est ici, les médicaments ne l'anéantissent plus, sa résistance est meilleure.

Quatorze heures pile. Agapé est à la porte du bâtiment. Elle sonne, une minute passe avant qu'on ne lui ouvre à distance. L'homme installé dans un bureau vitré derrière un hygiaphone l'arrête et contrôle son permis de visite qui lui a été délivré par le psychiatre lors d'un rendez-vous préalable. Elle attend qu'on lui indique de franchir le portique de sécurité. Puis, vingt casiers métalliques se dressent devant elle, il est obligatoire qu'elle y dépose l'intégralité de ses affaires, elle peut cependant garder le paquet qu'elle a préparé après vérification de son contenu : des livres, un pull, des sous-vêtements et une bouteille de jus de fruits.

Yaya fixe Sékouba qui l'a accompagné dans cette petite pièce. Il lui sourit, *Ça va aller, ça devrait pas tarder.* Yaya continue de le détailler alors qu'il a détourné le regard. Un flot de questions le traverse. Il se demande ce que ça fait de travailler ici, à quoi est-ce qu'il pense là, lui, de quoi son cerveau est rempli, quelles sont les images qui construisent son monde, qu'est-ce qu'il voit quand il se brosse les dents, quels décors l'habitent, c'est quoi ce qui l'accompagne au quotidien, le mental peuplé comment, par qui, par quoi, c'est quoi ce qui le suit, ce qui le prend, ce qui le surprend parfois, qu'est-ce qui le colonise, quels sont les souvenirs qu'il convoque régulièrement, les paysages de l'enfance, les musiques indociles, à qui est-ce qu'il songe un peu trop souvent, qui vit dans son esprit, qui l'occupe, le préoccupe, qu'est-ce qu'il se raconte à longueur de journée, avec quoi il se tourmente, qu'est-ce qui pullule en lui, est-ce qu'il pense à la lune et au temps qui passe, est-ce que le soir dans son lit il se force à fermer les yeux et alors les images de sa mort prochaine l'envahissent, est-ce qu'il se torture à échafauder des scénarios pour sauver ceux qu'il aime et qui se détruisent, c'est quoi la bande-son de sa vie, celle qu'il chantonne en se faisant croire que ça va, qu'il est bien, et les murmures et les larsens, comment il fait pour les oublier, eux, et les vilaineries est-ce qu'il s'en assène, est-ce qu'il s'inflige des chuchotis, des messes basses à son propre sujet, avec quoi il se dupe et avec quels horizons il tapisse les profondeurs de son crâne, qu'est-ce qu'il voit quand il croit en lui, quelles stratégies pour faire taire le vacarme, qu'est-ce qu'il s'invente et qu'est-ce qu'il ressasse, elle ressemble à quoi sa mythologie personnelle et son bon vieux temps, est-ce qu'il extrait lui aussi sans cesse les mêmes souvenirs de sa cervelle, variantes des temps heureux et malheureux, est-ce qu'il s'en glorifie, les travestit, est-ce qu'il se raconte des histoires, ça va passer, je vais changer, une dernière clope, un dernier verre, est-ce qu'il y a tout autant de gens qui passent en lui, à mille à l'heure, un défilé, c'est quoi ce qu'il rejoue, les douleurs qu'il s'inflige encore et encore, les histoires qu'il se répète, les anecdotes qui le tenaillent, les catastrophes qu'il retient, tout ce qui le hante et le mange de l'intérieur, comment est-ce qu'il pense à sa mère, est-ce qu'il la revoit, dans quels habits, elle marche où, elle parle avec quelle voix, et y a quelles couleurs dans sa tête, le soleil brille comment, ça tape fort ou…

Agapé entre, Yaya se lève, manque de s'écrouler, vite elle l'entoure de ses bras. La prise est ferme, la prise est douce, tout en Yaya se décontracte jusqu'à la joue qu'il pose sur l'épaule pluvieuse de sa mère. L'étreinte n'a que faire du vêtement ruisselant.

6

Sékouba s'est éclipsé. Il est content que le jeune ait de la visite. Salle de repos, il souffle un coup. Pendant que le micro-ondes réchauffe son déjeuner – aubergines rôties au miel et à la harissa, riz gluant, courgettes grillées – il lit l'article « Pluie » de Wikipédia. Il apprend qu'au troisième siècle avant Jésus-Christ, Théophraste s'imagine que la pluie découle du choc entre les nuages et les montagnes. Il découvre que les forêts tropicales humides évapotranspirent et que l'on fabrique de la pluie artificielle à hauteur de nuages grâce à un produit chimique dispersé par avion ou fusée – c'est l'ensemencement des nuages. Il se demande s'il est encore bon de tirer la langue sous la pluie, d'ouvrir grand la bouche pour l'accueillir quand il arrive à la section « Polluants ». La poésie lui inonde le cerveau au passage « Odeur de la pluie ». Le pétrichor : il n'avait jamais lu ce mot et pourtant il résonne en lui comme une évidence somptueuse. En 1964, une chimiste et un minéralogiste australiens inventent ce mot à partir de *petra* pour « pierre » et d'*ichor* pour « sang des dieux ». Le pétrichor n'est pas à proprement parler l'odeur de la pluie mais c'est en tombant que la pluie révèle les effluves de pétrichor mêlé à la géosmine. Plus la pluie est forte, plus elle libère ces composés organiques volatils et plus le mouillé embaume.

XV

1

L'occupation de l'espace ou plutôt la prise en considération d'autrui dans l'espace : les gens s'en contrefoutent. C'est comme l'écologie, ils s'en battent les reins et comprennent rien. Pas leur affaire, pas important, d'autres s'en chargeront et puis eux ils ont la clim et la piscine alors c'est plus facile de fermer les yeux. Penser global, penser commun, penser hors de soi : ils n'en savent rien, ils n'en veulent pas. Mauve n'en peut plus de ceux qui se complaisent dans leur égoïsme ultra-crasse à la Louis XIV et elle n'en peut plus – non plus – de ceux qui marchent dans la rue en prenant toute la place. La gestion de l'espace c'est un sacré bordel car les gens ont un vrai souci, un souci d'ordre. Qu'est-ce qu'elle est fatiguée de leur gueule, qu'est-ce qu'elle en a ras le bol de ces sales cons qui lui rentrent dedans, lui assènent des coups sans s'excuser, l'écrasent pour gagner un quart de seconde. Pareil en voiture, jamais ils mettent leur putain de cligno, toujours ils doublent par la droite, toujours ils te collent au cul, toujours ils freinent dans les virages, toujours ils restent sur la voie du milieu alors qu'ils roulent à quatre-vingt-dix. *Rabattez-vous merde !*

Rue Lepic, horde désunie suivant une dame accrochée à un micro, dame espagnolant vaguement des trucs sur *Amélie Poulain* et le café où ça a été tourné, touristes dans le cosmos, absolument pas concentrés, masse compacte indocile, troupeau zigzaguant, s'arrêtant, butant sur le vide, tous scotchés à leur téléphone, aucun pour remarquer le gris des toits là-haut, le détail des façades, le *street art* éclatant de la rue Robert-Planquette, la vitrine des Petits Mitrons et ses douceurs qui si entraperçues justifieraient de quitter le groupe illico pour retrouver son indépendance et aller se régaler de cookies fondants ou de tarte aux fruits de saison. *Libérez-vous de vos chaînes et dégagez le passage*, quelle idée de visiter le quartier comme ça, Mauve est en rogne qu'on fasse n'importe quoi chez elle. Elle se tient à l'écart, entre deux voitures garées, elle est OK pour laisser passer le flot mais le flot ne passe jamais, elle lâche quelques *putain c'est pas possible*, quand l'esquisse d'un demi-trou a l'air de se dessiner, elle tente sa chance, essaie de s'insérer mais personne pour lui donner la prio', personne pour voir ce qui se passe avec ses yeux et éviter de marcher comme un bouffon, ça ralentit, ça se disperse, ça parle fort, ça la rend dingo car en plus ils vont finir par lui mettre un coup de parapluie sur la tête, elle en a déjà esquivé deux et demi. Mauve aurait pu prendre ça comme un signe, comme un : *N'y va pas.* Mauve aurait sans doute dû. Mais Mauve est du genre à aller droit vers sa connerie. Alors, elle force le passage, déjà trois minutes qu'elle patiente, c'est ce qu'indique sa montre et Dieu sait que c'est long trois minutes à Paris quand tu veux avancer mais qu'on t'en empêche. *Allez c'est trop là, bougez-vous.* Coudes relevés, tête légèrement baissée mais prête à dévisser pour jeter un regard de mort à celui qui désapprouve, Mauve se fraie un chemin, écrase des pieds, rien à faire, à ce stade c'est tuer ou être tuée, il y a des protestations qu'elle tait de bruits de bouche excédés, elle explique aussi en français qu'à un moment ça suffit et qu'il faut savoir s'arrêter pour laisser passer.

Et voilà elle est chez Yves Rocher. Tout ça pour ça. Guidée par l'envie de retrouver un souvenir d'enfance comme si ça allait ressusciter le passé, Mauve tenait vraiment, vraiment, à s'y rendre. Alors, où est son parfum préféré ? Où est la petite bouteille violette translucide qui sent diablement bon ? Mauve furète, Mauve farfouille. Une fois, deux fois, trois fois, *je peux vous aider ? Non ça va merci*. Mauve refuse de s'admettre vaincue. Malgré tout elle constate : Yves Rocher ça ressemble plus du tout à la féerie que c'était dans les années 2000. Là présentement c'est juste une boutique à la con avec des produits un peu cheapouilles. Faut se rendre à l'évidence : le parfum n'existe plus. Tiens, ça aurait été pile le moment de se dire : *Pas grave, je sors sans rien acheter*, mais non Mauve est entêtée et stupide. Elle se met à inspecter les flacons qui ne sont d'ailleurs même plus des parfums mais de simples brumes. Elle pulvérise sur le poignet droit, le poignet gauche, l'avant-bras, l'autre avant-bras. Elle renifle, la mine dégoûtée, la lèvre supérieure en inconfort, elle hésite : pêche-anis étoilé, amande-fleur d'oranger, framboise-menthe poivrée. Les associations sont odieuses. Et pourtant, la voilà à la caisse, *quatorze quatre-vingt-quinze, s'il vous plaît*, en plus ça coûte un bras, Mauve n'a jamais acheté un truc en étant autant consciente que c'était une mauvaise idée, qu'elle n'en voulait pas mais elle continue, mue par sa débilité. Mauve a envie de dire non mais elle sort sa carte, paie, encore un peu dans le déni, cherchant à se convaincre que la framboise-menthe poivrée se rapproche de la mûre même si les fruits rouges n'ont pas grand-chose à voir avec ceux de la ronce. Sur le pas de la boutique, nouvelle salve de touristes qui se fait traîner du Moulin-Rouge au moulin de la Galette. Mauve se glisse contre le mur et se cale dos à la porte du 25 rue Lepic, elle s'asperge de framboise-menthe poivrée parce qu'elle est à un point de non-retour dans tous les cas. *Putain c'est trop, ça pue ce truc.* C'est écœurant à crever. Elle sort son téléphone pour une simple vérification, le parfum à la mûre sauvage se trouve sur eBay à soixante-dix euros la bouteille entamée. Quel monde pourri.

2

Des clochards somnolent dans leur maison de carton en contrebas du Monop'. Des enfants emmitouflés marchent moufle dans la moufle. Des sapins emmaillotés se laissent transporter sur des dos, abattus. Des gens en T-shirt boivent des cannettes à toute vitesse, réunis autour d'une pile de packs de 8.6 comme s'il s'agissait d'un bon brasero. Des hommes s'empoignent vers la fontaine hors service, désolée. D'énormes sacs de courses sont retenus à bout de doigts. Des chiens doucement fous tirent sur leur laisse pour aller s'embrasser. Des joggeurs éreintés feignent la course énergique. Des Américaines exultent devant la vitrine de Noël du Sexodrome où des rennes se trouvent en scabreuse posture. Des messieurs en costume – sous lequel se cache un maillot de bain ou rien – se rejoignent devant le hammam libertin. Des femmes dont le métier est de sourire alpaguent toute personne de sexe masculin pour lui proposer un show privé. Des attroupements indécents se forment devant le Bouillon, dans l'expectative de déguster des œufs mayo ou des poireaux vinaigrette en buvant un pichet de vin rouge. Des livreurs Deliveroo et UberEats encerclent le McDo. Des mamies en doudounes chamarrées attendent le bus 30 les bras chargés de paquets. Des jeunes fument des clopes mentholées en faisant plein de buée. Des populations de visages fatigués sous bonnets sont recrachées par la bouche de métro 2. Des taxis au repos stationnent devant l'Omnibus, éteints. Derrière la baie vitrée du café, Mauve est assise dans un fauteuil moutarde, large et pelucheux. Elle a fini son chocolat chaud depuis un moment. Elle ne va pas tarder à prendre son service. En attendant – nouvelle règle d'or – elle s'obstine à ne rien faire. Juste frotter le verre pour réchauffer la buée, la liquider et continuer de regarder le monde s'écouler. Longtemps qu'elle n'avait pas pris le temps d'observer : les gens de toutes les formes, de toutes les densités, pleins d'angles et de rebondis. Les tags et les graffitis. Les trucs abandonnés. Les dégaines et les détails. Mauve aime les détails. Mauve aime la foultitude de détails qui ne vient que de l'urbain et de l'humain sur-concentrés. Et pour son plus grand plaisir, Pigalle en regorge.

En cette veille d'anniversaire, Mauve a décidé de prendre les choses en main. Les trois premières semaines de décembre avaient été un hivernage douloureux et contre-productif. Certaines activités s'étaient trouvées mises au repos : écouter de la musique, prendre un livre, tenir un stylo. D'autres, au rebut : parler à sa mère, sourire, ouvrir les cases du calendrier de l'Avent. Le temps passé dans son taxi avait été réduit au profit de celui dans son lit, pourtant le sommeil lui aussi avait été délaissé. Au début elle ne s'était pas inquiétée, après tout, c'était toujours la même histoire : occuper sa pensée pour ne pas sombrer. Elle s'était dit que c'était pour sa survie alors elle s'était montrée indulgente. Pour oublier Yaya, l'iceberg d'angoisse auquel il était greffé, pour oublier son enfermement, les meurtres de Mahdi et toutes ces saloperies, Mauve avait eu besoin d'avoir les oreilles, les yeux et les mains perpétuellement nourris. Alimentée en permanence par son ordinateur et son téléphone, elle était entrée dans une hyperphagie de paroles, d'images et de sons. Elle avait voulu se laisser engloutir et quoi de mieux pour ça que de prendre un abonnement à Netflix et de *binge-watcher* toutes les télé-réalités trouvées. Ça avait commencé avec *Selling Sunset,* un show sur des agentes immobilières vendant des maisons hyper luxueuses à Los Angeles. Une série remarquable, saisissante, phénoménale. Mauve était tombée dedans *plouf* dès le premier épisode et n'avait plus pu envisager de s'apaiser autrement qu'en faisant de son cerveau une annexe de l'Oppenheim Group Real Estate. Elle prenait plaisir à se laisser polluer par les images léchées de ces vies lointaines et irréelles ; son rythme cardiaque décélérait, elle n'avait plus peur. Chrishell, Heather, Mary, Amanza, Emma, Davina et Christine devenaient sa pommade, son remède. Christine surtout. Sa chevelure dingue et polaire, sa bouche rouge, son immensité, sa façon de débiter des vacheries rudement cruelles et salement drôles sur ses collègues, Mauve était amoureuse.

Toutes belles, toutes apprêtées à l'extrême. Elles cultivaient une élégance et une sophistication stupéfiantes. Attirantes en permanence, Mauve se plaisait bien en sa qualité d'aimant super glué à son écran. Elle s'impliquait, aussi. Spectatrice active, attentive, il y avait de quoi s'interroger : comment faisaient ces femmes pour avoir un corps pareil ? une tête pareille ? des dents pareilles ? Clairement, il s'agissait d'un boulot à plein temps.

Dormaient-elles ? Quel était leur degré d'épuisement ? Mauve les plaignait : elles devaient être fatiguées, fatiguées d'une fatigue les rapprochant sûrement des gens normaux. La peine se mêlait à la fascination. Elle s'extasiait avec un frisson d'horreur en pensant aux trucs violents qu'elles s'infligeaient pour acquérir et maintenir une telle plastique. Peut-être y trouvaient-elles leur compte mais Mauve avait quand même envie de leur hurler d'arrêter. Elle le faisait parfois : *Stoooooop.* Ça se voyait trop qu'elles avaient adopté sans sourciller le précepte stupide : *Il faut souffrir pour être belle gna gna gna*, et Mauve ne comprenait pas. Elle préférait dix mille fois être moche que d'endurer le moindre désagrément pour rendre son physique acceptable selon des critères à la con. Elle ne mettait rien sur ses paupières, rien sur ses lèvres, rien sur ses pieds, elle ne pétrissait pas ses bourrelets de crème, elle ne portait pas de talons ou de fringues entravantes, elle refusait tout en bloc : ça crevait les yeux que c'était un piège. Et pourtant, si les maisons à plusieurs millions de dollars finissaient toutes par se confondre, Mauve ne se lassait jamais des tenues, des visages, des brushings, des maquillages de ces femmes qui performaient leur genre à outrance, se surpassaient dans l'ultra-féminin, donnaient tout pour un idéal de glamour. Leur corps-spectacle valait le coup d'être considéré, contemplé, applaudi. Mais quand même, devait bien y avoir un filtre sur la caméra ou un effet au montage pour lisser-flouter-enrober la peau – leur épiderme smoothé à l'extrême n'avait absolument aucune réalité – il fallait bien une mystification de plus pour créer cette douce aura, pour ajouter ce halo poudreux et insensé qui émanait d'elles et les suivait partout. Seuls leurs cheveux les trahissaient. Dès qu'il y avait un gros plan, ils se dressaient, cassés et fourchus dès la racine pour crier leur malheur. Une fois les cinq saisons de *Selling Sunset* avalées, Mauve s'était sentie drôlement orpheline. Elle avait remis le couvert avec tout ce qu'elle trouvait même si ça lui faisait pas le même effet et qu'il fallait compenser en zonant sur son portable et en jouant à des jeux à la con style Tetris où la gestion de l'espace s'organisait plus aisément que dans la rue. Si elle éprouvait encore de vagues moments de joie devant les *Real Housewives of Beverly Hills*, elle épuisait ses forces vitales pour pas grand-chose. Ses yeux s'asséchaient et prenaient feu ; toujours au plus près la rétine brûlait. Mauve sentait bien qu'elle avait perdu le contrôle mais elle continuait car sa tête tanguait dès qu'elle essayait d'éteindre. Elle n'avait pas d'autre solution cette fois que de se remplir au maximum et d'attendre le débordement.

Les derniers jours à ce régime, Mauve s'était sentie malade comme un vieux chien : le dos bloqué, le sacrum et le bassin qui disaient : *Fais sans nous,* la nuque mécontente, les épaules lourdes comme de la pierre de rivière, les lombaires enflammés, la gorge gonflée, l'impression d'un étau, la tête embrumée, grosse comme une patate. La bouche pleine de Coca zéro, de Scoubifizz et de chips aigres-douces à l'oignon, alors qu'elle regrettait de ne pouvoir prendre du Doliprane que toutes les six heures, l'idée que son mode de vie n'était pas le plus sain voire qu'il était possiblement délétère avait surgi. D'un coup, elle en avait eu marre de ne rien faire de son corps et de sursaturer sa tête : assise dans le taxi à écouter des milliers de podcasts qui ne formaient plus à l'oreille qu'une bouillie bourdonnante ou allongée sur son matelas à mater des heures de programmes qui l'énervaient franchement plus qu'ils ne la distrayaient. Mauve était au bord de la crise de foie pénible, à la limite du burn-out un peu dégueu et de l'overdose assez crade. L'occupation principale, l'occupation qui avait tout rasé sur son passage, tout annihilé, était devenue poison. Appesantie par la lumière bleue, emberlificotée dans ses couettes bouchonnées, Mauve avait eu envie de sortir de sa torpeur, d'arrêter le divertissement à l'extrême, de renoncer au téléphone doudou, de ne plus se laisser happer par les vies des autres, leurs histoires, leurs images, leurs paroles ; bloquer ces puits sans fond pour enfin reprendre pied. Elle qui se croyait imperméable découvrait qu'elle n'était clairement pas imputrescible. L'écran de l'ordinateur rabattu, le portable sur mode avion, elle avait gonflé ses joues en se disant qu'à l'orée de ses vingt-sept ans, fallait viser mieux et puis tout l'air prisonnier s'était échappé d'un coup. Elle avait pleuré un peu et ça avait été une micro-renaissance pour ses globes oculaires striés de rouge. Le silence n'avait jamais été son or mais il était maintenant temps de lui laisser sa chance. Elle allait devoir résister à son inclination naturelle pour la déconcentration, réapprendre à s'ennuyer comme quand elle était gamine, se retrouver face à elle et essayer d'en faire quelque chose – même si ça s'annonçait extrêmement chiant. Elle finirait bien par ressentir une liberté, une clarté, tout ne serait pas agréable mais ça irait mieux. Certes son esprit passerait en revue les choses qu'elle s'était acharnée à enfouir mais il retrouverait aussi de la place pour vagabonder et, qui sait, désirer, se contenter, rêver. Et puis, elle en avait marre de se faire vicos par l'application « Forme » sur son iPhone.

3

Mauve mord son sandwich brie-chutney à pleine bouche, elle lâche les mains pour remonter le zip de sa moumoute jusqu'au col, c'est ça d'avoir des dents, utiles, les dents. Qu'est-ce qu'elle est bien dans ce truc en faux mouton bariolé de pourpre et de parme. Comment a-t-elle pu si longtemps vivre sans ? C'est doux, c'est chaud, c'est réconfortant. Comme son pantalon : matière parfaite. Il adhère à ses cuisses et à ses fesses sans les serrer, une caresse pour son gras et ses muscles, une enveloppe nécessaire. Elle ramasse ses cheveux poisseux en un gros chignon qu'elle emberlificote sur lui-même avant de le fixer avec une pince. Elle jette un coup d'œil aux créoles argentées pendues à ses oreilles, enlève le fromage fiché dans les interstices au niveau des gencives, glisse quatre Tic-Tac menthe extra-fraîche sur sa langue puis commence à s'enfiler ceux à la cerise et au fruit de la passion tout en se délectant du spectacle. Pigalle est blanche. Deux personnes sont allongées à même le sol, elles battent des bras et des jambes pour laisser leur trace d'ange sur le trottoir sale mais laiteux. La neige n'a pas chômé. Cette nuit a plus que jamais été le lieu du surgissement et du dépeuplement : un beau bordel. Qu'est-ce qu'elle évolue bien dans le chaos, y a pas à dire c'est son élément. Mauve veut des manœuvres, du verglas, des rues barrées, des itinéraires bis, des foutus bus accordéons, elle veut tout ça et plus encore. La conduite c'est son sport. Faut du challenge. Quand tu pratiques quotidiennement, tu connais, tu t'ennuies, tu te relâches. Ersatz de blizzard, ça c'est quelque chose qui te renverse et te donne du défi. Les essuie-glaces qui palpitent, les pneus hiver qui assurent, l'insolence de la neige qui s'en branle de ta vie. Elle a emmené un monsieur jusque dans l'Oise et ça, ça a été le jackpot, joie de l'addition bien salée. Le mec pas chiant en plus, taiseux, discipliné, plongé dans sa lecture, qui bronche pas même si la course prend une bonne heure et demie parce que sous cette météo c'est carrément la merde pour rejoindre son bled, petites routes et compagnie, petites routes dangereuses et compagnie, virages à cent quatre-vingts à travers les bois en veux-tu en voilà, pas d'éclairage public mais des panneaux « un chevreuil peut traverser » et pour la première fois Mauve les a trouvés judicieux ces panneaux puisqu'une chevrette gracieuse et sereine est venue se poster devant sa voiture avant de s'en détourner. Faut l'avouer, c'était bien. Mauve a aimé ça. Vraiment ça aurait été la course de rêve si le type avait lu *Têtu* et pas *Raids* le magazine de l'actualité militaire française et internationale. Une fois le nord de Paris regagné, Mauve a eu l'impression de revenir d'une contrée lointaine et extraordinaire, et c'était sans doute le cas. Elle a mis Bill Withers, City Girls, Bon Iver, un florilège de voix magnifiques et intemporelles pour trimballer des gens par-ci par-là, des surpris par la neige, des qui n'avaient pas prévu le coup, des coursettes au léger goût d'aventure mais auxquelles manquait celui du périple. Pas de quoi rechigner même si Mauve n'aurait pas été contre aller visiter d'autres destinations paumées et perdues, des villes de banlieue peu croisées ou des recoins parisiens jamais arpentés – difficile, ça.

Maintenant stationnée en bas de la rue Houdon, devant la Brioche dorée qui n'est plus la Brioche dorée et qui n'est d'ailleurs plus rien depuis qu'elle n'est plus la Brioche dorée, Mauve mange un pain au lait débordant de Nocciolata tout en observant la façade taguée. Étonnant qu'on n'en ait pas fait un énième Sandro, Maje ou Ba&sh alors que tout le quartier est devenu une annexe des Galeries Lafayette. Pas désagréable que ce lieu résiste, ne soit simplement rien, un truc vide et moche qui ne profite à personne. Ça lui plaît, cette idée-là, à Mauve : les trucs vides et moches qui ne profitent à personne et ne servent à rien. Elle boit une lichette de Ricoré et se dit qu'elle non plus ne sert à rien là, qu'est-ce qu'elle attend. C'est quoi cet excès de zèle qui la pousse à continuer alors que son compteur ne va pas tarder à se bloquer, qu'elle aura bientôt fait ses dix heures, le max que l'on puisse enquiller et qu'en plus elle a fait du chiffre cette nuit puisqu'elle n'a presque pas roulé à vide – une rareté. Sans faire signe ni frapper au carreau, une silhouette cherche à actionner la portière. Au début elle ne la reconnaît pas, elle ne la voit pas, elle se dit seulement que ça a l'air d'être une femme et qu'elle peut baisser les armes, alors elle lâche sa bombe au poivre et la range dans la boîte à gants tout en déverrouillant. Et elle entre. Le visage retiré à la vue, le visage noyé sous des cheveux rose crise cardiaque, trempés comme au sortir de la douche, agglutinés en centaines de mèches denses et dégoulinantes. La couleur s'échappe des pointes pour dévaler en rigoles dragée sur le somptueux manteau blanc. Elle relève la tête et y passe ses mains baguées tous doigts ouverts. Elle ramène ses cheveux en arrière, les plaque et en chasse les cristaux de neige comme l'excès de rosée d'un geste assuré et lent. Apparaissent maintenant les yeux, cils marqués de mascara vert dynamite et prunelles chocolat chaud. Enfin la voix fend l'air, ce tonnerre. *Bonsoir Mauve*. Mauve ne lâche pas le regard qui la scrute dans le rétroviseur. Elle ne se retourne pas. Elle ne répond pas. Ce *Bonsoir Mauve* a fait monter la marée : l'eau de son corps migre et semble vouloir la quitter à tout prix, la transpiration abonde sur sa nuque, sur son dos, l'arrière de ses cuisses se liquéfie, ses mains deviennent torrents et elle a beau empoigner fermement son protège-volant à l'imprimé léopard, ça marche que dalle, le tissu n'absorbe pas cette moiteur délirante. Mauve se ressaisit : sourcils froncés, langue au palais, épaules tendues, allez hop elle arbore son plus bel air d'effronterie. Quelques spasmes viennent secouer les nerfs de ses joues. Elle lâche un *Putain* alors que l'odeur de sa passagère se répand, une odeur démente qui éclate tout sur son passage. Ça s'électrise dans son bas-ventre, après dix années à sommeiller, l'incendie la reprend. Elle inspire, elle souffle et puis elle articule : *Salut Didi*.

4

Mauve et Didi se sont installées dans un vieux rade tout pourri derrière la place de Clichy. Il est un peu plus de six heures du mat' et les bonshommes au comptoir les zieutent sans pudeur ni retenue. Devant leur café calva, ils font les malins. Ils disent *Madame* pour désigner leur conjointe et parlent trop fort en postillonnant à la mort. *Madame* – forcément – n'a pas l'air très sympa. *Madame exige. Madame veut faire sa loi. Madame est une conne.* La grande gueule, celui qui déblatère avec le plus de virulence, s'interrompt soudain. Il décolle son corps du zinc pour se tourner ostensiblement vers les deux jeunes femmes, attablées plus loin, seules personnes assises, seules personnes qui ne l'écoutent pas, et lance le classique : *Le problème avec les femmes...* Il fait une pause, ménage son effet, attend une réaction mais ni Mauve ni Didi ne lui décochent un regard. Il embraie : *Le problème avec les femmes, c'est qu'elles veulent tout tout de suite. Toutes pareilles. Là, elle veut un nouveau lavabo. Elle, elle bosse pas, elle est à la maison, elle est en congé maternité et elle dit qu'elle est fatiguée, moi j'travaille, moi, moi je suis fatigué. Alors le lavabo.* Litanie grasse. Des claques se perdent. Mais le petit numéro du monsieur n'a pas de prise. Mauve pourrait pourtant se retourner et lui expliquer que s'occuper d'un nouveau-né n'est pas exactement une cure de jouvence, que ça suffit les rapports de domination et le trip les femmes viennent de Vénus les hommes de Mars, que y en a assez de ces ramassis de conneries imbitables et qu'y a pas de fierté à être un connard fini qui fait le larbin toute la journée pour le soir se venger sur sa femme en jouant au patron minable mais elle est trop occupée là et même mieux : elle est contente et pour une fois la colère ne trouve pas son chemin jusqu'à sa bouche.

La discussion pétille de mots, mots qui affluent comme une écume bulleuse, comme une mer de champagne. Elles ne peuvent pas faire semblant : elles sont touchées. Elles s'étonnent de ne pas s'être croisées avant, aperçues du moins. Mauve tente de l'expliquer en déployant une image confuse d'écluses, de barrage de régulation et de vases non communicants. Didi déclare qu'il fallait sans doute un peu de magie pour qu'il y ait collision : un alignement des planètes, cette neige extravagante, un hiver qui démarre en trombe. Mauve se tait un instant, un fond de sourire lui squatte les lèvres et elle ajoute que la revoir est un cadeau étrange en ce jour d'anniversaire. Didi rebondit d'un : *On va fêter ça alors* et sa bouche de poupée, l'arc de cupidon, le rebondi s'étirent immensément pour dévoiler les dents les plus désirables du monde qui sont toujours là, qui n'ont pas bougé, tiens une cassée, voilà une nouvelle diablerie pour surenchérir dans le méchamment sexy.

Dehors le froid les saisit, la nuit indigo commence à se découvrir, les flocons tombent toujours. Elles marchent d'un pas flottant jusqu'à la rue Clapeyron dans le huitième. L'immeuble de Didi se dresse entre l'Espace Tabac et le Comité du tourisme de la Guyane, juste devant l'arrêt de bus 66. Au dernier étage, la porte s'ouvre sur un grand appartement au balcon fleuri de capucines vermeilles, de pensées bleu persan et d'euphorbes vert fluo. Le plastique des pétales et des feuilles fait la tronche, alourdi par le blanc. Mauve enlève ses chaussures, se laisse aller sur un pouf et observe. Elle a du mal à se réchauffer, elle se sent fébrile, coup de stress, coup de froid, c'est au choix. Didi fouille son frigo, sort des œufs, du lait, du beurre et s'empare de la farine et du sucre sur le plan de travail. Elle fait chauffer la poêle. Mauve mate le rose flash des cheveux désordonnés. Mauve mate les mains qui s'agitent, versent et battent. Mauve mate les jambes, leurs contours, les putains de mollets. Mauve mate et s'abîme, la tête lui tourne et d'un coup les mots la traversent sans prévenir. Elle débite tout ce qu'elle n'a jamais formulé. Elle parle sans rien retenir. Elle revient sur le silence abrupt et la disparition. Elle dit qu'elle a douillé. Elle dit que ça l'a brisée. Elle dit combien elle a souffert. Elle dit la haine. Elle dit qu'elle n'a pas compris et que ça l'a rendue folle, qu'elle a disparu loin sous sa peau, qu'elle s'est rétractée, que ses os se sont cassés, qu'elle a eu envie de crever et puis que c'est passé. Ça a fini par passer. Oui. C'est passé et ça passe mais pourquoi. Pourquoi avoir fait ça comme ça. La pâte gonfle. Ça frémit. Ça bloblote. Ça bulle. Didi s'explique sans se justifier. Elle a fait des dégâts, elle le reconnaît. Elle parle, grave, posée. Elle dit qu'elle n'était pas très fréquentable à l'époque, que ce n'était pas son fort de faire attention aux autres, à leurs sentiments, à leurs émotions, qu'elle a pris là où il y avait à prendre, sans s'encombrer, qu'elle a été dure et que pourtant elle l'avait aimée. Elle dit le désir dévorant de tout et de tout le monde, ce truc qui l'habitait et qui engloutissait le reste. Mauve écoute, le regard perdu, hypnotisée par la pile de pancakes qui se dresse et ne cesse de s'élever. Didi se retourne, lui sourit timidement avant de présenter des excuses embêtées et solennelles. Elle s'empêtre, la formulation du pardon prend des plombes. Mauve plisse des yeux et dodeline de la tête pour l'encourager à accélérer le processus mais ça ne marche pas et Dieu que le moment est chiant et pénible au final. Didi poursuit, gênée et gênante. Mauve regrette d'avoir déclenché un tel bourbier alors elle se met à parler par-dessus parce que sinon elle ne va jamais en finir : *Oui oui, ça va, tranquille, t'inquiète, allez c'est bon on arrête, ouais, tout bon tout bon, c'était y a un bail, OK, allez, c'est cool, j't'assure, t'as pas niqué ma vie non plus, on était jeunes, mais oui promis, tout va bien.* Mais Didi ne s'arrête pas. Mauve aurait mieux fait de fermer sa gueule tiens, ça lui apprendra, erreur de débutante. Didi ne s'arrête pas, Mauve bâille, c'est lourdaud, elle a envie de passer aux pancakes et puis hop son attention se rallume, elle tique, *Attends t'as dit quoi*, et Didi répète, elle a changé de sujet, elle demande des nouvelles de Yaya, est-ce qu'il tient le coup, elle a appris pour... et vite vite Mauve la coupe – fermement cette fois – parce que ça lui brûle le cœur de honte, elle avoue ne jamais lui avoir reparlé, elle confesse avoir voulu lui faire payer, elle constate qu'elle aussi a su esquiver et abandonner. Et Didi de s'exclamer : *Mais t'es conne, encore plus conne que moi faut croire.* Mauve fronce les yeux, la dévisage et réalise que oui. Putain d'épiphanie.

XVI

1

Cinquante mètres de pelouse ensevelis sous la neige. Longtemps que les pieds de Yaya n'avaient pas fait autant de pas d'affilée, tout droit, dans une même direction, ça fait drôle. Pour la traversée, on l'a autorisé à revêtir le pull apporté par sa mère. Un grand sweat-shirt sombre à capuche. Les boucles qui encadrent son visage sont lestées de flocons et Yaya n'a de cesse de lever le menton vers les nuages d'albâtre. Il se laisse éblouir. Il admire la perfection des cristaux qui volettent autour de lui, leur délicat raffinement, leur parfaite exécution. Sékouba ne le presse pas. Enfoncés dans la poudreuse jusqu'à mi-mollets, ni l'un ni l'autre ne possèdent les chaussures adéquates. Le froid les mouille et leur chatouille les jambes. De la neige dans les chaussettes, de la neige entre les orteils, de la neige qui se faufile et caresse. C'est agréable parce que c'est inattendu. Ça a un goût d'espoir qui ressuscite, un goût de : il y a d'autres choses en ce monde que les plafonds bas et les portes fermées.

2

Eh mais bienvenue le nouveaaauu! Planté devant Yaya, le mec contraste avec les lieux. Les pouces levés, la banane jusqu'aux oreilles, c'est bien le premier retenu qui n'a pas l'air en instance de décès. Il sourit grand, écarte les bras encore plus grand – on dirait qu'il s'apprête à soulever une machine à laver ou à dire : *Ah bah je t'attendais depuis un bail, content que tu débarques enfin!* – et puis hop d'un geste énergique, souple, à la limite du chorégraphié, il remonte les bras, les dérobe, les soustrait à cette hypothétique étreinte et ça part : il agite les mains, fait danser les doigts, dandine des fesses, frétille des pecs et lâche des : *Ouais ouais ouais alleeez* avec l'enthousiasme d'un chauffeur de salle coké. Yaya se demande s'il a pénétré un monde parallèle parce qu'au pavillon 38 personne n'était sous speed et que là clairement on croirait le mec en plein technival breton. Méchante ambiance. D'un coup, une voix autoritaire se fait entendre parce qu'elle gueule : *Oh Sofiane! On se calme là! Tu redescends ou je te redescends!* Sofiane se fige et la bouche en cul-de-poule chuchote un *chut* un poil goguenard. Un infirmier rapplique, svelte, chevelu, lunettes rectangulaires à monture fine, poignets tatoués.

Il tapote le dos de Sofiane, le réprimande gentiment et le renvoie dans la pièce commune tout en saluant Yaya. *Toi tu vas me suivre maintenant.* Mais Sékouba revient et Yaya s'immobilise, comme son cœur d'ailleurs. Il sait que c'est ici que leurs chemins se séparent et ça vaut bien de rater quelques battements. Sourire-lumière et clap de fin, Sékouba lui serre la main et explique : *Cet au revoir c'est un adieu, je ne veux plus jamais entendre parler de toi au 38, ta vie elle est dehors, t'y es pas encore donc tiens-toi bien, prends le temps et pas de retour en arrière.* Présentement pétrifié de trouille même s'il sait qu'il progresse, qu'il a de la chance, que ça bouge pour lui, Yaya ne veut lâcher ni cette main ni ces yeux, et si Sékouba pouvait l'adopter et le garder avec lui comme un petit animal il ne serait pas contre.

Yaya avait été convoqué le matin même. Le psychiatre était là, surprise surprise. L'annonce, faite sans cérémonie sans rien mais tout de même accompagnée d'un beau coup de pression, l'avait sonné. Il avait capté : le 37, ça allait être le premier pas vers la sortie ou plutôt le premier pas hors de la rétention totale et absolue mais d'aller au 37 ne l'empêcherait pas de revoir le 38.

Sékouba, son image, sa carrure disparaissent derrière la vitre alors qu'il repart lent et précautionneux en s'enfonçant dans la neige. Yaya réprime une grimace. Difficile d'imaginer la suite sans ce point d'ancrage, c'est qu'on s'attache quand on rencontre la gentillesse en milieu hostile. *Bon tu viens? Je vais te montrer ta chambre.* Alors qu'il suit le nouvel infirmier, il repense à Marco, à Jean-Luc, à Eugène, aux figures devenues familières – comme quoi, on se fait à tout – et ça a un goût bizarre amer de les laisser derrière. Mais y a du boulot pour qu'Eugène change un jour de pavillon (sans parler de son hôpital de secteur, ça c'est mort et pour la lumière du jour sans filtre rendez-vous en 2052), aucun médicament ne réussit à lui faire fermer sa grande gueule paranoïaque et c'est rudement con d'être chimio-résistant dans ce contexte. *Tiens ça c'est ta chambre, tu vas te changer t'es trempé, pyjama euh là.* L'infirmier lui explique qu'ici il a le droit à sa tenue civile mais que la plupart des patients gardent le bleu donc pas d'inquiétude s'il n'a rien, il faut être visité pour avoir du change et c'est pas le cas de grand monde. Yaya se déshabille, il se rend compte qu'il est gelé et se met à grelotter violemment, c'est laborieux d'enfiler ce pyjama, il rate les trous, sa jambe tombe à côté, son pied se dérobe, il s'assoit sur le lit, se concentre, se demande : *C'était quoi déjà la technique en maternelle*, mais se rappelle simultanément que c'était pour le manteau pas le pantalon, il est confus, qu'est-ce qu'il aimerait s'allonger, il se sent exténué mais il sait que c'est pas l'heure, l'infirmier rentre dans la chambre. *Qu'est-ce qui se passe, oh OK, attends je vais t'aider.* Il glisse ses jambes maigres dans le bas et l'aide à rouler, rouler, rouler l'élastique de la ceinture sur lui-même pour qu'il lui tienne aux hanches, maintenant il lui enfile le haut, la tête d'abord, un bras, deux bras, mais les manches longues ne le réchauffent pas, il lui dit *attends* et revient avec deux autres pyjamas et il répète la manœuvre, *allez les jambes d'abord, un pied puis l'autre, voilà maintenant la tête, un bras, deux bras, c'est bien, allez on recommence, une, deux, parfait t'y arrives bien, la tête et les bras.* Yaya lâche trois larmes, deux pour la bienveillance, une pour la défaite. Il n'a toujours pas l'air bien gros mais les trois pyjamas superposés l'aident à reprendre contenance et à chasser ce sale froid qui paralyse. *Je t'amène dans la salle commune et je te laisse.* Il n'est que dix heures, en route. Aux murs, kyrielle de décorations faites par les patients, principalement des coloriages : Pères Noël pailletés, rennes avec lunettes de soleil, elfes ou lutins – Yaya ne sait jamais – sapins verts et rouges et loups dont un qui s'exclame dans une bulle ajoutée à la main : *j'aime johnny hallyday.*

Pas de place assise, Yaya s'adosse au mur. Tous ont les yeux vissés au *Grand Bêtisier des Animaux de la 8* et plus personne ne semble avoir pris de speed. Tous : les yeux détraqués mais braqués sur les présentatrices très blondes et très sympathiques qui se gamellent souvent et rigolent beaucoup d'un rire compliqué à entendre quand on n'est plus habitué au monde et peut-être compliqué à entendre même quand on y est habitué. Les images vont vite, l'entrain, les chevaux, les chats, la joie de vivre, les oies, les chiens, les furets, les gags, les reptiles, les rires, Yaya porte les mains à ses yeux en enserrant ses pommettes de ses pouces, il se laisse doucement choir, le sol n'est pas bien confortable malgré la triple épaisseur, les rires, les rires, les rires, ça lui donne la nausée et provoque la dyspnée, l'évanouissement le frôle, quelques étoiles sur fond noir, silence de mort si ce n'est pour Élodie et Sandrine qui ne cessent de se marrer. Yaya colle son visage à ses genoux et se bouche les oreilles. C'est vrai qu'il ne s'alimente pas assez. Il avale tout ce qui se mange sans couverts : pain, biscuits, fruits. Il ne peut pas faire plus. Les plats le rebutent.

Les gens le dégoûtent. Sûr que les compagnons du 38 ne lui facilitaient pas la tâche : petits carrés de beurre direct dans le gosier, bouches ouvertes sur morceaux, dents couvertes de résidus, mélanges abusifs du style qui devrait tout bonnement être interdit, un carnage, la définition de l'enfer. Faut être juste, il sait bien que ce n'est pas uniquement lié à eux, qu'il lui est souvent arrivé d'avoir du mal à se nourrir dans la vraie vie. Un rien l'écœure. Une idée. Une miette. Un soupçon. Yaya n'aime pas les gens qui bouffent, piquent l'entièreté de leur assiette avec leur fourchette, enfournent des quantités astronomiques, avalent d'énormes pelletées sans mâcher sans mastiquer sans respirer et rebelote. Il sait qu'il est biaisé, il sait d'où ça vient, qu'il n'y a pas de fumée sans feu et que Mahdi mangeait avec cette hargne goulue parfois, juste pour le faire chier. Mais ça ne change rien : Dieu qu'est-ce qu'il aimerait pouvoir sécher la cantine et éviter les vues infamantes et les remontées acides.

Yaya a un peu moins l'impression qu'il va clamser alors il dessille sur les retenus du 37. Les traitements dictent aux chairs leurs reliefs. Tous : le regard bouffi de médicaments. Tous : le regard rempli de chimie. Tous : le corps avachi et raide. Tous : la mine empâtée et desséchée. Tous : l'espoir racorni et dégonflé. Tous : la joue mafflue ou évidée. Seul : sur celle de Sofiane coulent des larmes et pourtant les présentatrices cajolent un mini-poney, ce qui est vraiment très très petit. L'excitation est soufflée, retombée, balayée, il semblerait qu'elle n'ait jamais existé.

Yaya décide de quitter la pièce. L'anéantissement ambiant va finir par le faire adhérer au bêtisier animalier. Se relever, la croix et la bannière. Il s'approche de la porte vitrée censée leur donner accès à un bout d'extérieur. Elle est verrouillée bien sûr mais Yaya ne testait que par réflexe, pas envie de se risquer au froid. Tout est blanc, immobile. Il y a une table de ping-pong et un cendrier que l'on distingue à peine. Le soleil point et bleuit l'atmosphère. Yaya tique. *Mais il flottait depuis des semaines.* Il fronce les sourcils : avait-il oublié ou ne s'en était-il même pas aperçu – c'est comme un grand silence déchirant et doux cette absence de pluie – le bien fou que ça fait. Il se décrispe. De gros rayons flaves, brume d'or liquide, transpercent les nuages jusqu'à la terre poudrée et spongieuse. Le spectacle tranquille de la neige nitescente en couche épaisse et de l'azur éclatant lui revivifie le cerveau. Il baisse l'épaule droite, recule la gauche, ajuste son bassin, déplace et place ses pieds, s'étire comme au yoga, les bras qui touchent le ciel, il fait les gestes et il pose les yeux sur le corps oublié, relégué, délaissé, il n'en voit rien d'autre que le tissu cérulé qui le couvre mais l'envie de lui faire du bien, de s'en occuper, lui traverse l'esprit. Yaya ondoie : le dos roule et les vertèbres craquent. Le soleil lui effleure le visage et vient se poser sur ses paupières closes pour mieux les caresser. Un frisson l'effleure et se dessine en pointillé un désir.

3

Les grains de beauté ont fleuri sur son corps comme les pâquerettes en avril. Les vergetures-zébrures éclairent, iridescentes, les cuisses et le ventre. La peau sent le multivitaminé, le Sunny Delight et les notes chimiquement agrumées. Le cou a un goût de rooibos, de noix de coco, de buriti et d'abricot. Le bout du nez est chaud, brûlant.

Les premières secondes, trop de langue, Mauve est déçue. Elle n'est plus habituée. La salive coule, macule le menton, l'espace entre la lèvre supérieure et les narines, c'est un peu dégueu. Elle n'arrive pas à se mettre dedans, elle se fait dévorer sans réussir à se prendre au jeu.

Maintenant c'est bon. Mauve se découvre une fougue dont elle ignorait tout. Le corps en alerte. Les muscles bandés. Les doigts incendiaires. Elle sent bien le truc. Elle sent bien Didi. La pulpe pulse et c'est le ventre qui bat comme un cœur essoufflé.

Il est onze heures quand elle quitte le lit de Didi. Dehors le soleil s'est levé sur la neige. Drôle de journée, drôle d'entrée dans cette nouvelle année.

Mauve est assez satisfaite. Disparus l'énervement rageux et l'humiliation visqueuse. Oublié le ghosting du siècle. *Zou*, elle peut maintenant ranger Didi parmi ses crushs inoffensifs, la ressortir pour un peu de fantasme et *hop*, la reposer sur une étagère de sa bibliothèque mentale aux côtés de Kristen Stewart, Fletcher, Samira Wiley, Megan Fox, Jennifer Lawrence, Aubrey Plaza ou Cardi B... La voilà remise à sa place, meuf sublime parmi d'autres, fantaisie tranquille, aide à jouir. Didi n'est plus la tête d'affiche, sûr que Mauve lui préfère six mille fois Jodie Comer. Comment ne pas mourir d'amour en la regardant interpréter Oksana dans la série *Killing Eve*? Il y a de quoi être folle raide dingue de ce petit ange diabolique : sa beauté cheloue, l'irrévérence portée en étendard, là dans le froncement du visage – magnifique sans nul doute mais imparfait et vivant. Mauve la désire quand elle se bat, reine violente, impitoyable. Mauve la désire quand elle exulte, quand elle crie, quand elle grogne. Mauve la désire quand elle mange : à grosses bouchées, sans jamais faire gaffe, sans jamais s'interrompre de parler. Mauve la désire quand à une fête des moissons, dans un village paumé de Russie, elle se met à lancer des bouses comme nulle autre, qu'elle gagne le concours, remporte un ventilateur, n'en revient pas de fierté, et que ça se voit au gonflement des joues, à la lèvre supérieure qui disparaît en laissant place aux dents. Mauve la désire parce qu'elle existe sans s'excuser – c'est bateau mais ça forge l'amour. Elle vérifie son portable et remarque qu'elle n'a que deux messages de sa mère. Elle s'attendait à la tornade et au déluge, aux dizaines d'appels, aux textos paniqués, aux *où es-tu je m'inquiète* en pagaille mais non, Adélaïde se serait-elle assagie ? Elle se contente de lui souhaiter un *très joyeux anniversaire*, la formule est entrecoupée de ribambelles d'émojis : des animaux, des fleurs, des étoiles, des cœurs, beaucoup de cœurs. Il y a une photo aussi, une photo de leur courette enneigée au petit matin et des empreintes que leur gros chat y a laissées. Mauve accélère le pas jusqu'à sa voiture, soudain prise d'une vraie envie de retrouver sa mère.

Après avoir dormi quelques heures, elle est maintenant pelotonnée avec elle sur le clic-clac déplié. Les jambes bordées sous un gros plaid en laine, elles boivent du thé *chaï* fumant et se livrent à une orgie de clémentines. Les épluchures s'entassent, embaument. Sur leur vieille télé passe *Fast and Furious 3 Tokyo Drift*. Mauve a l'intégrale en DVD, forcément, et c'est un rituel que de les re-regarder dans les moments de fête. La neige a repris. L'odeur du fondant au chocolat et au beurre salé se répand dans leur petit appartement, bientôt les bougies les cadeaux et le sapin à décorer. Mauve sait qu'elles rejouent là les scènes chaleureuses de l'enfance, elle en profite, elle ne rejette rien, elle ne tient pas sa mère à distance, non, elle savoure l'instant sans se duper, sans s'enfermer dans une nostalgie collante et cafardeuse, ce temps est passé, il n'empêche qu'elles peuvent s'offrir un peu de douceur et se plonger sans retenue dans la philosophie toujours réconfortante de la saga. Il y a des répliques que Mauve connaît par cœur, elle les récite à voix haute en même temps que les personnages et aujourd'hui ne fait pas exception. *Ça te fait décoller. Comme si d'un coup, tout ce qu'il y avait autour de toi disparaissait. Ni passé, ni futur, ni problème. Que l'instant présent.* Ça la percute, là. Elle s'en rend compte. *Il faut vivre une belle vie, emmagasiner pour les moments où ce sera la merde*, voilà ce qu'elle se dit en regardant sa petite maman se passionner pour les courses illicites et l'art japonais du drift. Alors : elle prend.

XVII

1

L'air chaud s'engouffre par la fenêtre, rafales de douceur fiévreuse, souffle rêvé des tropiques, zéphyr bienfaiteur, Yaya se redresse dans la nuit noire et pose ses pieds nus sur le sol sans se heurter à l'inconfort habituel du linoléum, ses orteils s'enfoncent dans un tapis magnifique, dense, cousu de mille fils d'or et d'argent. Il s'accroupit pour en suivre les arabesques. Soudain la fenêtre l'appelle, les barreaux en sont tombés, l'alizé le réclame, les couleurs de l'Olympe aussi. Le tapis frétille, se trémousse, enrobe son corps, le soulève et l'emporte. À la peur de ne pas réussir à passer par la fenêtre succède le soulagement de l'avoir traversée sans encombre. Yaya n'a jamais été aussi bien : il vole. L'adrénaline à son comble, il entame une descente dont les accélérations le font crier de cette joie turbulente des montagnes russes. C'est la chute libre et la remise à flot, c'est le tapis enchanté enchanteur, c'est le cœur à deux cents, c'est un trip, c'est un shoot de sérotonine, c'est les endorphines qui jubilent, c'est la dopamine qui submerge, c'est le cortisol qui festoie, c'est le voile gris dans la Voie lactée, c'est l'impesanteur, l'hypogravité, l'hypoxie frôlée, c'est la respiration coupée, c'est le diaphragme contracté, c'est la fréquence cardiaque accélérée. Les hurlements euphoriques laissent place au rire, au vrai rire, au rire dément, libérateur, qui part de loin, démarre de la langue pour irradier la gorge et faire exploser les côtes, les bras, la tête, les genoux. Le cerveau mal oxygéné, le sang filé dans les extrémités, le champ visuel périphérique égaré : Yaya est délivré, il est pure sensation, extase. Il jubile de ce corps qui se laisse aller, emporté par le tourbillon. Le plaisir déferle. Le vent se lève. L'orage bouillonne. Des trombes d'eau étincelantes et multicolores imprègnent le tapis et le parent de motifs encore plus envoûtants. Yaya fend la nuit d'encre constellée de reflets, éclairée de joyaux et puis *bam* il se réveille d'un coup, rattrapé par la brusquerie des néons, *bim* la porte s'ouvre, *allez debout*, *boum*, c'est l'heure du premier traitement. *Bye bye* le fantasme à la Peter Pan, adieu la poudre de fée et le tapis d'Aladdin. Il aurait aimé pouvoir s'installer dans ce rêve, en profiter longuement, s'en délecter jusqu'à plus soif, se fondre encore et encore dans le feu d'artifice. Il se frotte les tempes péniblement, se redresse… *oh là ça va pas le faire*, ultra-vaseux il se tape un mal de crâne des enfers. L'infirmier hurle : *J't'attends bouge-toi là t'es pas tout seul*, et Yaya s'effondre : gros sanglots moches et engloutisseurs qui redoublent quand il entend que c'est Noël aujourd'hui. *Noël à l'UMD, wow le trip.*

2

Le clic-clac est replié, la table basse dressée, habillée d'une nappe, chic. Panino se faufile entre les verres, ne se gêne pas pour monter sur les assiettes. Son corps robuste et trapu se dresse sous le toucher du doigt, extatique, transporté d'une liesse incalmable. Il faut à tout prix le câliner, il ronronne comme un camion – coups de boule contre caresses, c'est sa sérénade. Il renifle les plats, enfonce son museau dans une coupe et sort sa petite langue râpeuse pour licher. D'un coup de queue, il chahute les fleurs séchées disposées dans un vase. Mauve le chope et le plaque contre sa poitrine, un vrai gros bébé ce chat, elle l'aplatit d'une main ferme, *allez tout doux mon grand.* Quand elle relâche l'étreinte, il revient à la charge, folie du ronronnage, pattes emmêlées dans une guirlande d'étoiles, *bon ça suffit, Panino, tu vas tout casser.* Mauve lui apporte une assiette dans laquelle elle a versé un peu d'huile d'olive et une soucoupe avec un soupçon de lait. Ça devrait calmer la bête un moment. Elle, elle boit à grandes lampées. Elle boit pour être ivre. Elle n'y arrive pas. Elle n'a pas la technique. La boisson lui gonfle le ventre, lui gondole l'estomac. Elle lâche son verre de rouge et s'attelle à défoncer les petits-fours. Elles ont passé toute la matinée à préparer le repas avec Adélaïde. Noël, c'est particulier, faut faire ça bien, pas par obligation mais parce qu'elles en tirent un plaisir spécial, sûr de lui, soyeux.

Maman, tu peux te dépêcher ? Qu'est-ce que tu trafiques encore ? Mauve crève la dalle. Une faim inextinguible. Les gougères au comté ne réussissent pas à la caler et elle se voit mal attaquer le reste avant que sa mère n'arrive. Soudain ça sonne. Adélaïde bondit hors de la cuisine, Mauve la regarde interloquée, les joues pleines – elle venait de se mettre aux tartelettes salées – le sourcil froncé. *C'est quoi ça encore.* Sa mère a une surprise, ça se voit à des kilomètres, sa tête de je-suis-trop-contente-de-moi-même la trahit, et puis elle claironne : *J'ai une surprise !* Bon s'il restait l'ombre d'un doute, le voilà anéanti. Mauve prie pour que ce ne soit pas le vieux voisin chelou déguisé en Père Noël, c'est déjà arrivé. Adélaïde lance un clin d'œil à sa fille, prend une grande inspiration, ouvre la porte, s'exclame : *Enfin !* et voilà la dernière personne à laquelle Mauve s'attendait.

3

Une sale entorse. Un arrêt de travail, un arrêt forcé. Avec sa botte de maintien pointure 45, Sékouba a des allures de cyborg. Inaya trouve ça inexact, pour elle, c'est Boïnkgh tout craché. Boïnkgh, c'est le personnage d'un livre qu'elle lisait enfant. Une sorte de robot extra-terrestre qui, une fois débarqué sur Terre, ne peut s'empêcher de donner des coups de pied au derrière. C'est son kif. C'est irrépressible. Ça l'attire plus que de raison. Il a envie de taper et qu'est-ce que notre planète regorge de choses et de personnes qui mériteraient un bon coup de pied au cul : *zou* le chien, le gendarme, le miroir, le panneau routier, l'enclume, le bonhomme Michelin... la liste est longue. Faut dire aussi que Boïnkgh – ce grand guerrier – a le pied gauche engoncé dans une grosse chaussure en forme de brique, un truc costaud, très grand très lourd puisqu'il contient tous *les coups de pied au derrière qui se perdent depuis presque l'éternité*. C'est là que se niche toute la ressemblance avec Sékouba : dans cette allure bancale, dans cette gigantesque chaussure, dans le pied outrancièrement baraqué. Inaya a poussé la blague – qu'elle prend très au sérieux – jusqu'à réussir à dégoter le bouquin et à lui offrir ce matin au réveil : *Joyeux Noël mon Boïnkgh.*

C'était le premier jour de neige. Sékouba rentrait de l'UMD. Il ne lui restait plus qu'une route à traverser. Il avait boudé le passage piéton, la flemme trop loin là-bas et les voitures étaient à l'arrêt. Il avait envie de tracer, il ne pensait plus qu'au jet brûlant de la douche, il l'invoquait depuis le matin et là il savait qu'il n'était plus qu'à quatre minutes d'y accéder. Point mort. Rien ne bougeait. Une seconde. Deux secondes. Trois secondes. *Allez j'y vais c'est bon.* Il n'avait pas regardé le trottoir, la hauteur de la marche – qui fait ça encore ? – il avait gardé les yeux rivés sur la circulation, sur son imminente reprise et *clac* sa malléole avait décidé d'aller embrasser le macadam. Un craquement qui déchire. La cheville à angle obtus. Pas besoin de baisser la tête pour le savoir, il avait senti son corps. Les voitures allaient se remettre en branle et il était là comme un con… fallait avancer, alors il avait mordu sa lèvre inférieure et mis un pied devant l'autre, les incisives dans le menton, avant de s'échouer sur le trottoir d'en face. Il avait bugué l'espace d'un instant, sans savoir quoi faire, il avait mal putain, vraiment mal, ça s'apaisait pas et un pote lui était tombé dessus et avait commencé à le tchatcher : *Wah la neige t'as vu ! Tu veux aller faire de la luge j'ai des sacs-poubelle*, mais Sékouba lui avait désigné sa cheville en grognant et le mec était allé chercher sa caisse fissa pour l'emmener aux urgences.

Inaya est ravie de l'entorse de son mec. Le truc est dégueulasse, l'œdème turgescent, mais ça lui offre un break. A minima vingt et un jours, la médecin veut le revoir avant de lui donner le feu vert pour retourner au boulot. Sékouba n'avait pas passé un Noël en famille depuis des lustres. Ils sont arrivés vers dix heures chez les parents d'Inaya après être allés chercher sa grand-mère rue du Nil. Depuis, il est en cuisine, il concocte un « tigre qui pleure ». Déjà parce que c'est un plat merveilleux mais aussi et surtout pour son nom exceptionnel. Forcément, Wikipédia lui a raconté trois-quatre jolies légendes sur son origine et ça lui a parlé. Il y aurait plusieurs explications plausibles aux larmes du tigre : un, la sauce pimentée lui mouillerait les yeux, deux, le tigre est au bout du rouleau d'avoir fini sa portion, il en veut encore tellement le plat est succulent alors il chouine, trois, les humains égoïstes ont prélevé sur le bœuf le meilleur morceau pour faire leur *suea rong hai* et le tigre se lamente qu'on ne lui ait laissé que de la viande dure et filandreuse, quatre, le tigre est affligé de ne pouvoir accéder à cette délicieuse part de bœuf cachée derrière les côtes, il est obligé de la laisser, il pleure.

La sauce *nam chim* lui met l'eau à la bouche. C'est bientôt prêt. Il entend Inaya rigoler avec son frère, sa sœur et leurs enfants parce que Kadiatou est déjà en train de leur proposer des glaces alors que les petits n'ont pas encore mangé, *ben quoi c'est Noël, c'est la fête*, s'insurge-t-elle. Sékouba gobe un kétoprofène. Il est bien ici. Quand ils passent à table, tout le monde se régale et le félicite. Il boit un rhum fruité et flotte, léger. Les plus jeunes se sont faufilés sous la table et jouent avec son pied de Boïnkgh, il émet des sons robotisants, ça les fait rire. Inaya lui tient la main. Son beau-père revient avec le dessert, il a fait une *pecan pie,* une tuerie. L'UMD est loin.

Bénédiction de la cheville foulée. Reconnaissance pour la délicatesse de celles et ceux qui l'entourent, leur gentillesse. Bonheur de faire famille. Plus tard, alors qu'ils prennent le café et que tous les gamins sont *sugar high*, Inaya l'embrasse sur la joue et prend son oreille entre les mains, elle a un secret qu'elle a envie de lui chuchoter avant de le dire à tout le monde parce qu'elle va le dire à tout le monde, elle le prévient. Elle lui glisse, en articulant hyper mal, elle n'arrête pas de rigoler, qu'ils attendent un bébé. Sékouba hallucine. Il la dévisage avec une stupeur ahurie. Longtemps qu'ils essayaient, longtemps qu'ils guettaient. Ça ne marchait pas, ça ne voulait pas, c'était le découragement en perfusion qu'ils baisaient chaque mois à la période soi-disant propice, et voilà que c'est là dans le ventre d'Inaya. Sékouba fond en larmes, éclate de joie. Il disjoncte, le fou rire le renverse, Inaya se marre aussi, et les enfants, tous les enfants se bidonnent, gloussent, hurlent une félicité contagieuse sans savoir pourtant ce qu'il y a à célébrer.

4

D'habitude Mauve n'en a rien à foutre de rien mais là sa mère a fait fort. Décidément c'est le tourbillon des revenantes. Sur le tabouret trône une Agapé souveraine, distante. Boucles serrées, grande mèche poivre et sel lui barrant le front, yeux transperçants, rides sillonnantes, prématurées, conférant une autorité, engageante, gracieuse, sévère. Cette femme est un charme et manifestement les chats ne font pas des chiens. Agapé n'avait pas mis les pieds ici depuis une éternité. Enfin, c'est ce que Mauve croit mais qu'en sait-elle, vraisemblablement Adélaïde a une vie autonome, une vie propre, qu'elle ne lui soupçonnait pas. Bon. Mauve se dit que quitte à ce qu'elle soit là, va falloir la décontracter. Elle commence à débiter des conneries. Elle part sur *Les Marseillais,* elle se doute bien qu'Agapé n'est pas du genre télé-réalité mais elle raconte, elle dresse les portraits, elle lui fait l'arbre généalogique, les tromperies, les mariages, la sorcellerie, Dubaï, là elle met le doigt au fond de sa gorge, elle lui explique que c'est dommage parce que ça s'est vachement essoufflé ces dernières années, mais que c'était rigolo, elle embraie sur *Les Cinquante,* pas mal, plus novateur, mais bon on est loin de l'époque dorée de *Secret Story*... Mauve s'accroche à la chaleur qu'elle décèle dans l'iris. Ah tiens, Agapé semble plus réceptive à *Secret Story*. Mauve leur ressert à boire, du rouge à ras bord et les verres deviennent fontaines. *Sûr que* Secret Story, *c'était de la balle mais ça nous reviendra pas alors si tu dois mater un truc, c'est* Love is Blind, *ça c'est purement dingo, passionnant, de la haute télé, de la télé de qualité. Y a que les Américains qu'ont capté. T'as Netflix?* Adélaïde les interrompt, Dieu soit loué : elle pose sur la table de grassouillettes crevettes, son alléchante mayo maison et se met à engueuler Mauve parce que son verre est vide, que la bouteille aussi et qu'apparemment la nappe a eu plus le droit qu'elle à sa goutte!

Mauve agite les mains, prélude d'un truc qu'elle veut sortir d'elle mais qu'elle ne sait pas trop comment aborder alors elle cherche à presser la parole, à la faire advenir en moulinant des poignets, ça bloque, ça bute, ça bloque. *Yaya.* Voilà, c'est dehors. Mauve sait que ça suffit, ça suffit d'être une connasse rancunière qui ignore ceux qui l'aiment et qu'elle aime. *Comment il va? je pense à lui. J'aimerais le voir. Tu penses que c'est une bonne idée? Tu me dis.*

5

Yaya se réveille la bouche dévastée par le sel. Le repas de Noël n'était ni mauvais ni déprimant. Des pommes de terre smileys, une salade justement vinaigrée, un fromage à pâte dure et sympathique. Clou du spectacle : un jus de fruits orangé auquel avait été ajoutée une dose de grenadine. Yaya avait aimé le spectacle de son verre, ses couleurs, le tangerine, le corail, le magenta. Ça faisait comme un volcan inerte, un volcan figé, un volcan d'après fusion au lac de lave soudain paresseux et plat, strié de coulées immobiles. Yaya avait trinqué avec ses nouveaux camarades de tablée. *Tchin tchin. Joyeux Noël. Celui-là on s'en rappellera*, déclaraient ceux qui en avaient déjà vu quelques-uns entre ces murs. Ousmane souriait, buvant son cocktail cul sec, en redemandant dans la foulée. Magloire blaguait, se réjouissait du rab de poulet. *Au moins c'est un Noël avec de la nourriture, de la nourriture et des gens.* Amédée évoquait la vie d'avant, la vie d'après, tout sauf leur présent, planifiant, projetant, se tourmentant. Sur son front son tatouage vibrait, froissé, et Yaya admirait les lettres gothiques anthracite qui voguaient au rythme de ses inquiétudes et disaient :

SOS
Save our Souls

Cigarette, traitement, sieste. Extinction des feux. La machine de l'UMD ne connaît pas de jour férié. Yaya a un peu de temps avant que son monde ne se ranime. Il se rince la bouche à la Cristaline, avale à grosses goulées. Il songe à sa mère, s'en veut. Il se rallonge et magie de la pensée qui chasse l'autre, c'est maintenant Sékouba qui l'habite. Il s'autorise le fantasme, l'envie qui le chatouille et qui ne s'était pas manifestée depuis des siècles, la libido morte qui ressuscite, le feu qui grandit, l'émoi salé et la main sur son sexe.

6

Ça ruisselle de burrata, de ricotta, de provolone, de mascarpone. Le panais est fondant, relevé, la carotte juteuse, l'épinard succulent. Les fourchettes aériennes tentent d'entortiller le fromage avant de s'avouer vaincues. Ça file de l'assiette à la bouche. On pourrait croire que c'est un aligot et non des lasagnes végétariennes. Ces femmes affamées en sont à leur troisième portion. Elles mangent. Elles se régalent. Elles s'ouvrent. Agapé raconte sa première visite à l'UMD, le crève-cœur de voir son fils enfermé, la brûlure de l'abus. Elle parle comme une mère d'enfant unique, elle parle au singulier et personne ici ne pourrait le lui reprocher. *Faut faire des choix pour survivre*, pense Mauve. Agapé dit la peur, la peur qu'elle refuse mais qui s'invite partout, tout le temps, implacable. Elle dit le cul-de-sac, l'impasse qu'elle s'échine à transformer en vulgaire mauvaise passe, les murs qu'elle veut miner, la masse dont elle aimerait se saisir pour tout casser. Agapé se montre féroce quand elle évoque la gentillesse de Yaya. Elle expose par bribes la sensibilité, la pureté. Elle livre le quotidien et se dessine en pointillé ce que Mauve a raté ces dix dernières années : les études ambitieuses, la maladie, les diagnostics, les hauts si beaux si brillants, les bas si tristes si méchants. Elle explique qu'il vivait encore avec elle, qu'il était revenu après avoir pris un studio quelques mois, qu'il ne supportait pas cette solitude, qu'il ne se croyait pas en sécurité, qu'il avait du mal à faire ce pas mais que ça ne le rendait pas moins adulte, *pourquoi faudrait-il le faire, tu as l'air bien toi aussi avec ta mère.* Elle annonce, pudique et fière, qu'il était un artiste. Elle se reprend : qu'il est un artiste. Elle l'a vu déployer ses talents. Mauve est heureuse, soulagée, de savoir qu'il n'a jamais lâché le dessin. Agapé raconte qu'il travaillait à mi-temps, qu'il donnait des cours d'arts plastiques pour enfants, adolescents, adultes, la plupart des soirs et le samedi matin pour la peinture. Elle confie la force de Yaya. L'envie de se dépêtrer. L'envie d'y arriver. Ces fragments de vie viennent se ficher droit dans la poitrine de Mauve qui ne résiste pas à se sentir excessivement conne.

Agapé ne livre pas ce qui la taraude. Elle est incapable de confier son débat interne à discussion. La corde est trop sensible. Elle préfère dire qu'il est bon d'être ici, qu'elle est contente de renouer ces liens, qui, tout distendus qu'ils soient, semblent prompts à se raffermir. Presque un an maintenant que la question insiste. Elle la retient en elle. Dans le bas de la gorge, d'abord, dans le creux du cœur, ensuite, dans chaque cellule de son cerveau, enfin. *Vaut-il mieux être mère de victime ou d'agresseur ?* Parente de victime : elle s'imagine estomaquée par la peine, furieuse, scandalisée, qu'y a-t-il de plus cruel que cette injustice-là ? Comment survivre quand on fait du mal à la personne à qui on tient le plus, quand on la brise, quand on la tue ? Elle se sait chanceuse d'avoir été – pour l'instant – épargnée par cette épreuve ignoble, par cette tristesse qu'elle devine insondable. Parente de criminelle : Agapé vit un cauchemar sans compassion. L'incompréhension l'abasourdit depuis qu'elle a appris. La noirceur de son propre enfant la méduse. N'y a-t-il pas de quoi être violemment désemparée quand la honte accompagne l'affliction ? Bien sûr, personne pour s'intéresser à ce qu'elle traverse. Elle n'est pas du bon côté de la douleur. Sans chercher à rallier qui que ce soit à sa cause, elle souhaiterait simplement une once de commisération, de retenue. Elle s'insurge d'avoir basculé en même temps que Mahdi dans le camp des mauvais, d'y avoir été embarquée contre son gré par la presse, la télé, l'entourage. Elle meurt de n'être plus que : la mère du meurtrier. Elle ne supporte pas d'être une extension. Elle ne veut d'ailleurs plus du tout être sa mère, elle veut vivre par et pour elle-même. Elle se doit de discorder, de rompre. Pas de parloir, rien. Ce n'est pas atroce, c'est l'occasion de couper les liens. Elle s'était souvent dit qu'il y aurait une fin entre eux. Elle avait déjà songé que ça passerait par la mort, elle s'était imaginé alors celle de Mahdi, pas qu'il l'infligerait aux autres. Elle aurait préféré.

Le procès aura lieu d'ici à deux ans, trois maximum. Elle est terrifiée de cet enfer à venir. Son fils dans un box. Son autre fils assis à côté d'elle sur ce petit banc. Elle veut disparaître avant ça. Elle ne veut pas être là. Elle veut s'y soustraire et elle veut absolument y soustraire Yaya. Elle refuse qu'il endure ça. Tout leur passé décortiqué. Chercher à qui la faute. Elle, elle s'est voulue exemplaire, elle a tenté sans relâche d'inculquer à ses enfants ce en quoi elle croyait, ce qui lui semblait juste. Elle a échoué. Ou peut-être n'a-t-elle simplement pas réussi. Elle se rappelle – et qu'est-ce que c'est risible maintenant – avoir été épouvantée d'apprendre que Yaya, alors bambin, socialisait mal à la crèche, qu'il tapait les autres et ne tolérait pas la frustration. Ça l'avait déstabilisée – elle n'avait jamais eu ce problème avec son frère – ça avait pris du temps mais ça avait fini par se régler. Plus tard, en entrant au CP, c'est Mahdi qui avait commencé à se comporter n'importe comment. D'abord des broutilles et puis les broutilles étaient devenues colères et les colères coups. Il avait fallu le changer d'école en début de CM2. Agapé avait senti que la procédure était inhabituelle. Et puis son fils lui avait échappé, totalement. Il y avait eu une escalade et elle s'était habituée à descendre les cercles de l'enfer, elle en était venue à regretter les convocations scolaires, les réprimandes, les *il faut faire quelque chose, on ne va pas tenir.* Qu'est-ce qu'elle se sentait stupide de ne pas parvenir à éduquer son enfant, de ne pas avoir de prise sur lui. Elle avait tenté, beaucoup. Elle avait fait ce qu'elle avait pu, surtout.

Elle s'oppose à ce que tout cela soit exhumé, critiqué, qu'on expose à la lumière du jour ses défaillances – que leur intime devienne extime. Pour elle, le parcours de Mahdi a été comparable à celui de nombreux adolescents, elle le sait, elle l'a vu et le voit encore, trente ans qu'elle travaille en lycée. Alors quoi ? Alors pourquoi ? Elle n'a pas la clef. Seul lui l'a, seul lui peut choisir de la livrer. Elle a peur de l'avenir, elle sait qu'il faudra échapper à la rumeur qui bruisse, qui flotte, suspendue dans l'air, prête à accoster sur chaque lèvre ; que la clameur du monde ne leur réserve pas à Yaya et à elle la plus douce des acclamations, mais, ce soir, Noël s'achève sur un thé bleu qui vient noyer la bûche onctueuse, lourde, renversante, alors elle retient encore questions, doutes et imprécations et laisse la voix de Mariah Carey, doublée par celle de Mauve, la consoler.

XVIII

1

Mauve commence son shift plus tôt. Georgette veut aller chez Body Minute parce qu'une de ses arrière-petites-filles lui a dit qu'elle pourrait s'y faire poser du vernis semi-permanent. C'est une course de rien du tout, huit minutes à tout casser mais Georgette est irrésistible. Mauve passe la chercher à la maison de retraite Robert-Doisneau. Elle jouit là-bas d'une certaine réputation et elle n'arrive pas à refuser quoi que ce soit à son fan-club de vieilles belles. Moshé a passé deux années dans l'établissement avant de mourir. La solitude, la Bretagne, ça ne fonctionnait plus, ça avait été difficile mais il avait fallu vendre, le rapprocher. Mauve se doute bien que son grand-père n'est pas étranger à la ferveur qu'elle suscite chez ces mamies et ça lui plaît de continuer à pouvoir l'évoquer avec celles qui l'ont connu. Georgette veut des strass sur les ongles, *comme ceux que t'as sur les fesses*, ajoute-t-elle en désignant le jogging Juicy Couture de Mauve. *D'acc, faudra que tu voies ça avec l'esthéticienne directement hein*, répond Mauve en la faisant monter à l'arrière. Georgette ressort le rouge aux joues et le vert aux doigts. Mauve lâche *Hunger* de Roxane Gay, presque à regret parce que c'est drôlement bien. Georgette décide qu'elle n'a pas du tout envie de retourner à Robert-Doisneau pour le moment, d'ailleurs il lui reste bien deux heures avant de se faire engueuler alors elle exige, malicieuse, que Mauve l'emmène dans une brasserie boire du champagne et sucer des huîtres. Y a des requêtes plus douloureuses. Mauve la fait grimper sur la banquette, regagne son siège, lance le chauffage et l'album *Brûler le feu* de Juliette Armanet et en route pour un classique, le Wepler.

Ça lui aura permis de décaler ses horaires pour finir à minuit. Elle se couche mais le sommeil lui refuse sa clémence. Elle se plonge dans *L'Empreinte* d'Alexandria Marzano-Lesnevich ; elle n'a jamais rien lu de tel. Adélaïde ne dort pas non plus, elle boit du café dans la petite pièce attenante. Mauve peut percevoir le tintement de doigts qui tapotent. L'urgence d'écrire l'a reprise. Les idées se bousculent. Si Mauve a décidé de lâcher les rêves de sa mère – elle ne la questionne plus, elle ne la pressure pas, elle ne se dit plus que son unique salut réside dans l'écriture et la reconnaissance – elle ne cache pas sa joie de la voir happée par son art ; ça la tranquillise de la savoir au juste endroit car cette fois elle a l'air de l'être. Mauve se relève pour se faire une tisane poivrée. Elle checke son portable, résiste à la pub Hayu qui lui promet *plus de deux cent cinquante émissions de télé-réalité internationales commencez votre essai gratuit*, enfin résiste seulement après avoir commencé à s'inscrire et qu'on lui a réclamé soixante-dix balles certes mais résiste tout de même. Elle se brûle la langue, pose la tasse sur une étagère, agacée, en déloge un livre, des bibelots chutent. Elle les redispose et l'air de rien se met à ranger. Elle fait preuve d'une maniaquerie implacable, sûrement parce qu'elle n'est pas coutumière de la pratique. Presque quatre heures du matin, elle peaufine, elle trie, elle jette. Une fois satisfaite, elle va se laver. Femme active. Les vapeurs d'amande douce lui dérident les sens. Dieu sait qu'elle entretient un rapport contrasté à la douche, comme avec les radis : de prime abord elle s'en passe mais une fois qu'elle croque dedans elle adore et elle s'exclame : *Putain c'est con pourquoi est-ce que j'ai même douté de mon envie de croquer*, eh bien pareil quand elle a les fesses et le dos sous l'eau qui pulse, ça la ravit et elle se dit qu'elle devrait le faire plus souvent. Mauve ne se lave pas quotidiennement, pas nécessairement, enfin ça dépend de la gueule du quotidien au moment T. Drôle d'invention que de se récurer tous les jours, ça abîme la peau, c'est mauvais pour la planète, inutile. Il y a aussi une frustration : Mauve ne sent jamais la douche. Elle ne pue pas non plus mais elle ne sent pas la bonne douche savonneuse qui te rend fraîche et décente. Peut-être que c'est parce qu'elle refuse le déodorant, peut-être alors qu'il faudrait qu'elle arrête d'en vouloir à la douche.

2

Les essuie-glaces chassent des trombes d'eau, frêles remparts contre l'aveuglement. La D7 est sous la flotte, c'est somptueux même si ça ralentit. Mauve aime l'orage, tout est plus beau, tout est plus dramatique. La pluie forme une brume gris perle chamarrée par les phares comme autant d'ornements éclatants. Le déluge cogne la tôle dans un vacarme fracassant. La voiture résiste. Mauve plisse les yeux, tend l'oreille. Soudain le silence, un tunnel et la voix d'Anohni se soustrait au voilage, au parasitage aqueux.

All those beautiful boys
Pimps and queens and
Criminal queers
All those beautiful boys
Tattoos of ships and tattoos
Of tears

Elle a fait un effort. Les cheveux épais, bouclés, lourds, froissés, emmêlés, ronchons, pas commodes sont propres. Leur roux éteint, d'une flamboyance sombre et sans chaleur, irradie d'un auburn violacé. Elle déteste les pubs qui lui ordonnent de les dompter, elle les aime libres et brouillons, fourmillants et chaloupés, et puis c'est quoi ce vocabulaire à la con c'est pas le cirque sur sa tête, merci de laisser les animaux sauvages, sauvages. Les pommettes fuchsia, les cernes coquards couleur de cendre, les cils géants englués de mascara bleu électrique, Mauve a la classe des grands jours. Habillée de noir, d'un pull à grosses mailles et d'un jogging sans trou, sans culotte car les culottes sont rarement un confort et pourquoi alors endurer leurs coutures meurtrières à l'endroit charnu, délicat, de l'aine. Les créoles à strass déparent et apportent le clinquant nécessaire à la tenue, comme le K-Way argenté roulé en boule sur le siège passager.

3

Rongé par un sentiment d'insatisfaction qui n'a cessé de gagner du terrain, de donner au monde la couleur et le goût de la pisse, Yaya s'éveille. Les horaires l'ont infiltré, les réflexes l'ont infecté. Les traitements l'abattent moins même s'ils continuent de le défoncer sec. Il marche peu, ça le préoccupe. Il n'a plus ses élixirs : ni crèmes, ni mousses, ni sérums. Une faillite. Il aimerait s'oindre d'une huile dense, à pénétration lente, sur sa peau sèche qui craquelle, sur ses os saillants, sur les rougeurs et le terne. Il sent le corps se flétrir, il remarque qu'à vingt-sept ans, il est déjà vieillard. L'UMD est un exercice de patience désolant, une prison pour catatoniques, une succursale d'un roman de Balzac tendance *Recherche de l'absolu.* La constance de l'obsession habite les retenus : quand sortiront-ils, quand le pourront-ils. Le sentiment d'effondrement persiste, l'impression tangible d'avoir été oubliés. Yaya désire le ciel. Il le veut vigoureux, énergique, salin, mais il se sait crabe agonisant, coincé dans un filet de pêche alors qu'il scrute sa fenêtre condamnée, amorphe, la fenêtre triste de cette cage aux barreaux sans élasticité. Ici, c'est le désœuvrement en illimité. La monotonie comme un hoquet indépassable, une contraction pénible, sinistre, une bombe greffée au diaphragme, un tic-tac dont l'obsédante compulsion se rappelle à chaque seconde, quatre-vingt-six mille quatre cents par journée. Encore et toujours la même chose, le même déroulé, la morsure âpre et confuse de la privation.

Le Jour de la marmotte. Yaya n'a jamais vu ce film ou peut-être que si, il ne sait plus, l'idée, le pitch, l'histoire lui semblent déraisonnables. N'est-ce pas ce à quoi l'on cherche – toujours – à échapper, l'infinité d'un jour sans fin, la nullité de la répétition, l'absurdité des gestes réitérés, incessants, infinis, quotidiens, les tâches et leur effroyable routine. Yaya obéit mieux que d'autres. Il n'aime pas les psychiatres d'ici car ils se concentrent sur les traitements, expérimentent, attendent cette *compliance*, ce retour à l'ordre, sans avoir hélas le temps de proposer une thérapie solide, intense. Yaya n'est pas contre les médicaments, d'ailleurs il a plutôt hâte d'être chimiquement apaisé mais il en a assez des posologies chevalines. En entretien, souvent, on lui confisque sa parole, on met des mots dont il ne veut pas dans sa bouche. Il acquiesce, il reconnaît, il ronge son frein. Il a compris que c'était le moyen le plus sûr de passer au pavillon 35, puis à l'hôpital de secteur et enfin à l'extérieur : se laisser déposséder de son histoire. Doser ce qu'il dit pour ne pas inquiéter et faire la démonstration du progrès. Écouter les conseils parfois malvenus qui frappent comme des uppercuts – coups non protocolaires. Il a hâte de retrouver sa psychiatre au CMP, dehors. En attendant, il fait son introspection tout seul. Il a toujours tout ressenti avec une intensité supérieure : sensations physiques comme morales, la synesthésie, les couleurs qui sont sa bénédiction car tout en lui est couleur – les mots, les sons, les souvenirs –, l'organisation spatiale du temps qui suit ce tracé si particulier qu'il voit depuis qu'il est enfant, ce monde de beauté qu'il ne troquerait pour rien au monde, qui l'exalte, qui crépite mais qui est toujours prêt à se retourner contre lui et devenir violent, agressif. L'empathie dévastatrice, asphyxiante, l'intolérable cruauté qu'il n'a jamais supportée. Le cerveau à toute allure, maître dans l'art de le détruire, de le réduire à néant, les méchantes phrases, les pièges tendus gros comme des complexes hôteliers *all-inclusive*, profonds comme des trous noirs mais dans lesquels il tombe les yeux ouverts et les pieds joints, les pensées qui défilent et qui filent, les pensées orphelines, les pensées torves, les pensées magiques. Yaya a tout tenté pour, dans un même mouvement, calmer son feu et entretenir son brasier : l'alcool qui apprivoise les à-pics tout en précipitant la chute, les anxiolytiques qui lénifient et donnent au monde la texture de la barbe à papa, le sommeil à outrance, l'obscurité obscène, le lit, le lit, le lit, le shit pingre en fous rires mais riche en paranoïa, la cocaïne, l'ecstasy, magnifiques et terribles, le sexe délicieux, bienfaiteur, galvanisant et qui laisse pourtant si souvent un parfum de mort dans le cœur. Yaya a multiplié les conduites à risque pour s'éteindre avant de revenir à la vie : vif, ressentant, endommagé.

L'UMD lui permet ça : l'analyse des mécanismes et des travers. L'UMD lui offre ça : la volonté de s'en sortir. Il s'autorise à ressentir de la rancœur à l'égard de son frère. Il n'a plus de pitié, il n'a plus peur. Les victimes de Mahdi, les personnes tuées, meurtries, cette souffrance absolue, aveugle, insane, qui le prend dès qu'il pense à elles, il réussira à l'apaiser. Mais d'abord, la colère et une colère qu'il ne dirige pas contre lui-même mais qu'il destine – enfin – à celui qui la mérite. Il pose un éclairage différent sur le passé. Il a grandi en trouvant excuses et circonstances atténuantes à son frère, en le mettant sur un piédestal, en acceptant sa terreur, en valorisant ses comportements détraqués. Il se demande combien de ses camarades retenus sont ici à cause des défaillances d'autrui, combien comme lui ont une compassion débordante, une sensibilité exacerbée et se sont pris la violence sociale en pleine tête sans pouvoir s'en défendre, combien ont vrillé à force de brimades, d'insultes, de maltraitances, d'humiliations, combien ont déclenché des maladies mentales qui auraient peut-être sommeillé à jamais s'ils n'avaient pas été foutus en l'air dans l'enfance, combien ont pris sur eux, ont retenu, retenu, retenu puis explosé en vol, décompensé ? Le monde des fous, s'il n'a pas du tout envie d'y appartenir, il sait cependant qu'il est irrémédiablement le sien. Il en prend son parti. Yaya veut exister avec et malgré ça. Il n'a plus envie de quitter sa propre personne, il n'est plus fissuré de tout bord par ce besoin de destruction impossible à rassasier. Il rêve d'une existence hors les murs. Il prie un dieu auquel il ne croit pas et c'est sa façon de se promettre que s'il sort d'ici il tiendra bon, qu'il tentera de parier sur la vie. Perclus de douleurs et d'envies, il est à une jonction, à l'endroit même du contraste, de la croisée claire-obscure du renouveau. Il fait face à la désolation d'un paysage ravagé, au sol brûlé et charbonneux, et entraperçoit l'affleurement, sous le carbonisé, de la jeune pousse qui se fraie un chemin hors du jais maintenant que – presque – plus rien ni personne ne lui cache le soleil ni la pluie.

4

Mauve se fige : sourcils, langue, épaules. Un, relâcher les sourcils, deux, décoller la langue du palais, trois, abaisser les épaules. Elle bombe le torse, ébouriffe la houle de ses cheveux d'une main impétueuse, fait craquer sa nuque, gauche, droite, gauche, et arbore son air le plus sérieux pour passer les contrôles de sécurité. Qu'est-ce qui reste quand on fait du mal à ceux que l'on aime et que l'on n'arrive pas à rattraper le truc, à se dépatouiller de la merde engendrée, quand on n'est pas assez solide pour présenter des excuses qui valent le coup d'être formulées, pas assez évolué pour se décentrer et arrêter de punir et de tout pourrir ? Eh bien pas grand-chose. Alors Mauve y va, elle se jette à l'eau.

Un soignant l'escorte jusqu'à la pièce, il lui ouvre la porte, elle souffle un bon coup. Elle observe sans rien voir, elle est assise, elle attend. Le voilà encadré par deux infirmiers qui rapidement s'éclipsent. De le voir en chair et en os, ça lui pète à la gueule. Toutes les visions se superposent : petit garçon, adolescent, et cette photo de jeune homme qui l'avait foudroyée il y a plusieurs mois. Elle redécouvre, sans l'avoir oubliée, cette douce familiarité, ce visage qui depuis près de vingt ans vit incrusté derrière ses yeux, ce visage qu'elle aurait pu réciter sous tous les angles, toutes les coutures, et avec lequel elle joue présentement au jeu des sept différences.

Yaya est beau comme un dieu, même là avec son allure poussiéreuse, sa langue plus blanche que ses dents, ses cheveux de miel dégoulinant et son air déglingué d'ange déchu. Elle retrouve son regard vert d'eau bleu d'eau eau cascade cristalline océan lac gelé rivière claire galaxie polaire qui charrie tant de souvenirs, tant d'images. Immense soulagement, une joie gazeuse, piquante et sage que de constater que les yeux glaçons ne sont pas glacés. C'est irrépressible, Mauve et Yaya se sourient. Ils ne se disent littéralement rien, rien d'autre que ce que l'extension de leur lippe est occupée à décrire, bien incapables d'arrêter la crispation de leurs joues, d'interrompre la contraction des fossettes, de stopper l'ourlet des lèvres qui commence pourtant à tirailler. Quand c'est juste, on ne peut pas lutter contre. Mauve pensait que ce serait plus dur que ça que de revenir du gâchis, elle est faussement étonnée que la discussion s'amorce sans heurt. Ils ont tant à se rappeler : de la nourriture pour une vie, ils peuvent picorer leur mémoire jointe, grappiller de l'anecdotique jusqu'à plus soif. Bien sûr, ils font un retour sur fiasco histoire d'esquisser le dérapage et puis de se raconter les années distantes. *Ça va, t'as pas trop les neurones frits, je vais pouvoir te passer les livres que je t'ai apportés.* Elle lui sort *Car l'adieu, c'est la nuit* d'Emily Dickinson et *Swing Time* de Zadie Smith. Ils boulottent des bonbons acidulés, se taquinent, s'écoutent. Ils jouent à l'élection des plus beaux mots. Rien à voir avec les sonorités, ce sont les couleurs qui permettent de l'emporter et de toute façon il n'y a pas vraiment de gagnant, juste des vérités et des surprises. *Méditerranée*, quelle magie, quelle harmonie. *Arc-en-ciel*, ça peut paraître cliché mais ça le fait. *Image*, plus sobre, classique. *Céleste*, c'est fort. *Iceberg*, y a un truc. Mauve ne regrette pas d'avoir délaissé la rancœur, l'entêtement buté, la coupure irréversible. L'idée de l'impardonnable trahison paraît bien dérisoire, maigrelette peau de chagrin, quand on s'amuse. *Time out.* C'est l'heure de se quitter. *Va falloir songer à te délocaliser, ça manque un chouïa de confort et de fun par ici*, lui dit-elle en s'engouffrant dans son K-Way cosmique. Ils s'adressent un au revoir de la main tous deux submergés par l'évidence de l'amitié qui reprend sans l'ombre d'un souci.

XIX

Mauve visite Yaya deux fois par semaine. Nouveau rituel. Bientôt sept mois d'UMD, il en est au dernier niveau, le pavillon 35 et franchement l'issue se fleure, y a comme un fumet de liberté, une émanation palpable, la sortie se profile. Adieu, l'enfermement. Adieu, l'œil du cyclone. Adieu, la foutue pluie. Ensemble, ils évoquent l'après. Yaya a envie de devenir ces images de lui-même qu'il a à l'esprit, d'arrêter d'en observer les représentations, lumineuses et claires, pour y adhérer. Il peut dessiner à nouveau, le dessin est encadré, ça a commencé par l'aquarelle, de l'eau, un pinceau. Ça donne une direction. Mauve n'a qu'une hâte : l'emmener sur la route. Elle imagine les néons myosotis se refléter sur le visage si régulier de Yaya et ses cils longs et majestueux, ses cils de petit garçon, tressauter à chaque cassis. Elle veut voir. Elle veut voir avec lui. Pourquoi pas s'égarer dans une végétation luxuriante, un truc à s'en éblouir les yeux, du bleu transperçant le vert, de l'eau scintillante, azur et reine, une lumière platine qui absorbe et regorge de rayons, pourquoi pas tenter la pénétrée dans l'immensité, pourquoi pas arpenter, s'échouer dans de vieux hôtels, marcher, manger, s'enliser sur un bord de plage, sur un coin de table, sur un quart de marche. Mais il faut attendre et la patience n'est pas son fort.

Alors, il y a des nuits limpides où Mauve se promet le hold-up, le braquage, l'attaque sans haine mais violente, l'algarade chantante et l'invasion délivrante.

Il y a des nuits troubles où Mauve écrit sa légende, femme armée capable de tout liquider, femme vibrant du cliquetis de l'arme enclenchée.

Il y a des nuits groggy où Mauve rêve l'onde de choc, la bombe qui pulvérise les murs d'enceinte en éclats minéraux, la dynamite qui broie l'acier blindé des portes, le ciel qui brûle de mille feux, l'odeur de la poudre et ses traînées diaprées.

Il y a des nuits exquises où Mauve appuie sur le détonateur et déboule tout à trac dans un brouillard d'explosifs pour ravir Yaya à sa condition.

Il y a des nuits enfiévrées où Mauve chavire au rythme des secousses telluriques alors que la transpiration perle sur sa peau devenue bouteille laissée trop longuement au soleil.

Il y a des nuits erratiques où Mauve échafaude tempêtes et déflagrations, des nuits à avaler du café beige qui brûle la gorge, délicate lésion, charmante irritation, des nuits à se vouloir perce-muraille, casse-pierre, trouble-fête.

Il y a des nuits fantasques où Mauve roule, les yeux injectés d'or et de sang, au son du tonnerre, mélodie persistante.

Il y a des nuits épicées dont le feu ne s'éteint qu'une fois la voiture verrouillée, qu'une fois le lit regagné, qu'une fois les yeux fermés car Mauve les quitte toujours, ces nuits folles de projections, emportée par un sommeil sans accident, dans lequel elle replie ses fantasmes soigneusement comme autant d'origamis placides qui attendront le soir pour fuser et mieux s'embraser.

REMERCIEMENTS

Je remercie Ludovic, mon éditeur, pour son enthousiasme et sa confiance.

Je remercie mes parents, pour leurs attentions.

Je remercie Éléonore, pour sa présence malgré la distance ; son intérêt pour mes écrits, depuis cette nuit d'Irlande, a su me porter.

Je remercie Igor, mon premier lecteur, pour son temps, ses conseils précieux et son amour merveilleux qui ont permis à ce texte de s'épanouir.

Composition : PCA
Achevé d'imprimer
par CPI Firmin-Didot
à Mesnil-sur-l'Estrée, en juin 2023
Dépôt légal : juin 2023
Numéro d'imprimeur : 175392

ISBN : 978-2-07-303500-4/Imprimé en France

612757